하나님께 사랑받는 글

하나님께 사랑받는 글

발행일	2023년 9월 15일

지은이	대구신광교회 글쓰기 교실 학생들		
엮은이	강병구		
펴낸이	손형국		
펴낸곳	(주)북랩		
편집인	선일영	편집	윤용민, 배진용, 김부경, 김다빈
디자인	이현수, 김민하, 김영주, 안유경	제작	박기성, 구성우, 배상진
마케팅	김회란, 박진관		
출판등록	2004. 12. 1(제2012-000051호)		
주소	서울특별시 금천구 가산디지털 1로 168, 우림라이온스밸리 B동 B113~114호, C동 B101호		
홈페이지	www.book.co.kr		
전화번호	(02)2026-5777	팩스	(02)2026-5747

ISBN	979-11-93304-51-8 03810 (종이책)	979-11-93304-52-5 05810 (전자책)	

대구 신광교회 글쓰기 교실 두 번째 이야기

하나님께 사랑받는 글

강병구 엮음

대구신광교회 글쓰기 교실

김민하　임주하　서예린

김지유　강지민　임주혁

노주안　김해단　채윤서

서예은　박상준　김나단

우하윤　백주혜　박상훈

피승윤　우하준　정하윤

박재완　육서영　김소단

박지유　김현석　박상현

이지호　민채윤　홍준영

북랩

무한한 상상의 세계

미디어 시대에서 글쓰기는 상상의 세계를 무한히 넓혀 가게 합니다.

우리의 소중한 자녀들이 이 시대의 미디어 문화 속에 반응하기보다 창의적이며 상상의 세계를 펼쳐 꿈이 이루어지는 축복의 어린이가 되기를 소망합니다.

이번 초등부 글쓰기 교실에서 두 번째 책을 준비하게 되었습니다.

글을 쓰는 것은 다소 힘든 일이지만, 글이 가진 놀라운 영향력과 글을 쓰는 능력의 특별함을 반드시 알게 될 것이라 기대합니다.

아이들의 순수한 마음 그대로를 표현하였습니다.

이 글을 읽는 독자 모두가 아이들의 그 순수함을 품을 수 있기를 바라고, 우리 아이들의 순수함으로 다시 상상의 세계를 넓히고 꿈꾸는 세상이 현실이 되는 아름답고 복된 삶을 누릴 수 있기를 바랍니다.

대구신광교회는 아이들의 창의력과 꿈을 세우고 미래를 준비하는 교회입니다. 여러분의 많은 관심으로 대구신광교회의 다양한 교육과 활동에 관심과 참여를 부탁드립니다.

이번 이 소중한 책을 쓰기 위해 참여한 어린이들이 매우 자랑스럽습니다.

축복하고 사랑합니다. 더욱 풍성한 삶으로 나가도록 기도하겠습니다.

- 대구신광교회 **전광민** 위임목사

추천하는 글 1

대구신광교회 글쓰기 교실 스물일곱 명의 어린 작가들의 주옥같은 글들을 모아 두 번째로 엮은『하나님께 사랑받는 글』이 책으로 나왔습니다. 글을 쓴 스물일곱 명의 작가들, 이들을 지도하며 책으로 나오기까지 수고하신 '강병구 목사님'과 글쓰기 교실 관계자들에게 감사와 축하의 인사를 드립니다.

제가 어릴 때 만 해도 타의에 의한 것이긴 했지만 저녁마다 일기를 썼어야 했고, 청소년, 청년기에는 이성 간에 또는 전혀 모르는 이들과도 펜팔이라는 이름으로 편지 친구를 만들기도 했었는데, 어느 순간인가부터 손으로 글쓰기보다는 스마트폰을 통해 짧은 문장으로 의사를 소통하고 심지어는 축약된 글자로 의미를 전달하는 것이 보편화된 요즘 시대에, 주어진 주제에 따라 자신의 생각을 정리하고, 요약하여 글로 쓰고, 그것들을 모아 책으로 만들어 내는 경험을 한다는 것이 쉽지는 않지만 올해도 그것들을 모아 자신의 이름과 글이 인쇄된 책을 받아보게 될 우리 아이들을 생각하면 무척 기특하고 대견한 일이 아닐 수 없습니다.

오늘의 문집 발행의 소중한 경험이 앞으로의 아이들의 삶에 소중한 자산이 되어 꼭 문인이나 작가의 길을 걷지 않더라도 자기의 뜻을 펼쳐 나갈 때마다 깊은 사유(思惟)와 고증(考證)의 과정을 수없이 반복하며 정제(精製)된 단어와 단아(端雅)한 어휘로 상대를 설득하고 이해시키는, 그래서 대화와 소통으로 더 나은 세상을 만들어 가는 다음 세대의 주역들로 자라가는 좋은 밑거름이 되리라 믿습니다.

앞으로 각자에게 주어진 소질과 재능을 더욱 갈고닦아 자신에게도 보람이 되고 사회에도 크게 도움이 되는 성숙한 그리스도인으로 성장해 나가기를 기원합니다.

이른 봄부터 초여름까지 매주 토요일마다 창작의 고통을 견뎌내느라 수고한 아이들과 지도하신 글쓰기 교실 선생님들에게 다시 한번 감사의 인사를 드리며 언제일지는 모르지만 세 번째 책에는 더 많은 지역 아이들의 참여를 기대해 봅니다.

- 대구신광교회 교육사역 위원회 **박영은** 장로

추천하는 글 2

"누가 길을 알려줬으면 좋겠어요."

꾸밈도 없고 맞춤법과 문법도 개의치 않는 아이들의 솔직한 글 속에 등장하는 한 문장입니다. 어젯밤 꿈 이야기로부터 시작하여 장래희망, 책, 이웃, 친구, 형제, 부모님 이야기에 이르기까지 날것 그대로의 글들 속에서 '정말 길이 어디야?' 하며 알고 싶어 하는 아이들의 마음과 노력들이 진실되게 느껴집니다.

매주 토요일에 모여 글을 읽고 외우면서 글쓰기 공부를 하는 것도 대견한데 이렇게 심오한 질문이 담긴 책까지 내다니 참으로 자랑스럽습니다.

아이들이 자신의 고민과 비밀을 끄집어낼 수 있을 만큼 친밀함과 신뢰감으로 글쓰기 수업을 지도하신 선생님의 헌신도 가슴에 와닿습니다.

여러 가지로 어려운 시대 속에서 아이들의 꿈과 삶에 대한 진지한 고민이 담긴 글을 볼 때, 하나님께서 이 땅의 미래를 포기하지 않으심을 확신하게 됩니다.

이 책을 통해 일상 속에 지친 영혼들이 힘을 얻기를 기도합니다. 어린아이들의 글로 표현된 삶의 의미와 지혜를 함께 발견해보시길 기대하는 마음으로 이 책을 추천합니다.

- 경북대학교 **이동익** 교수

✦ 추천사

- 무한한 상상의 세계 • 4
- 추천하는 글 1 • 6
- 추천하는 글 2 • 8

1학년

✦ 김민하 • 18

내 장점 / 요구르트 / 휴대폰 / 어떤 어른이 되고 싶나요 / 초코케이크 /
예수님 / 포켓몬 고

✦ 김지유 • 22

내 생일 / 내장점 / 야구장 / 학교 / 낚시 / 나를 아끼고 사랑하는 언니에게

✦ 노주안 • 27

내 장점 / 과학관 / 영화관 / 제주도 / 치과 / 축구 / 재미있는 꿈 /
새벽기도회

✦ 서예은 • 32

고양이의 눈 / 내가 되고 싶은 어른 / 믿음 / 돌고래들은 수족관을 싫어해요 /
내 장점 5가지

✦ 우하윤 · 36

결혼식 / 예은이 언니

✦ 피늠윤 · 39

줄넘기 / 건강검진

2학년

✦ 박재완 · 44

동생 재겸이에게 / 예수님에게

✦ 박지유 · 47

지하철 / 중독 / 걱정 인형 /내 이름은 왜 박지유인가 / 문방구 / 작가

✦ 이지호 · 52

고통의 십자가 / 회의 맛 / 하나님께 감사 / 시계 / 시간 / 마음 신호등 /
내 동생

✦ 임주하 · 59

우주 / 서점 / 잠 / 놀이공원 / 현대 아울렛 / 엄마는 뭘할까?

3학년

✦ **강지민** • 66

게임 / 영화 / 아이스크림

✦ **김해단** • 71

민들레 / 사랑하는 예수님 / 첫! 마라탕

✦ **박상준** • 75

나무 / 쓰레기 / 산 / 환경오염 / 모래 / 달란트

✦ **백주혜** • 79

푸드셰어링 / 생일 / 새 학기 / 땀

✦ **우하준** • 83

결혼식 / 주하 생일파티

✦ **육서영** • 86

내 강아지

4학년

✦ **김현석** · 90

욕을 쓰지 맙시다 / 나의 신년목표 / 지구 온난화 / 어른이 되고 싶다 /
강아지풀 / 휘날리는 벚꽃잎 / 매미 / 사과 / 반짝반짝 별

✦ **민채윤** · 97

가장 무서운 습관 / 카메라 / 내 마음속 음악가 / 나에게 예수님이란 /
환경오염 / 팽이 / 「아낌없이 주는 나무」를 읽고 / 「벌거벗은 임금님」을 읽고 /
비닐하우스는 집이 아니다 / 내 친구 예성이

✦ **서예린** · 107

나는 어린이 노동을 반대한다 / 내가 되고 싶은 어른 / 내 장점

임주혁 · 111

글 / 일 / 우주 / 모구모구 / 브롤스타즈-브롤러

✦ **채윤서** · 118

싫룬데 / 스마트폰 / 하나님 / 나는 커서 / 민채윤

5학년

✦ **김나단** • 126

내 장점 5가지 / 소드 파이터 시뮬레이터

✦ **박상훈** • 129

비닐하우스는 집이 아니다 / 시계 / 「아낌없이 주는 나무」를 읽고서 / 욕심 /
츄파춥스 / 탱탱볼 / 우리 목사님 / 맨날 쓰지만 소중함을 느끼지 못하는 것들

✦ **정하윤** • 136

사랑이란? / 모든 길은 하나님께로 / 『13층 나무집』 / 죽음이란? /
「두꺼비」를 읽고

6학년

✦ **김노단** • 148

장래희망 / 「아낌없이 주는 나무」를 읽고 / 「벌거벗은 임금님」을 읽고 /
베트남 / 〈아바타 2〉 보러 간 날 / 편지 / 내가 되고 싶은 어른 /
사소한 것 중 나를 행복하게 하는 것 / 장점

✦ 박상현 · 163

이어폰 / 하나님과 예수님 / 「아낌없이 주는 나무」 / 하나님 /
전자기기가 우리에게 해로운 점

✦ 홍준영 · 168

평화 / 봄 / 예수님 / 밤 / 강병구 목사님

✦ 학부모의 글 · 173

✦ 교사의 글 · 177

　- 우리 글쓰기 교실은요

✦ 엮은이의 글 · 182

　- 아이들과 함께 공부를 하면서

• 학생들이 쓴 글 마지막에 수록된 코멘트는 엮은이가 작성하였으며,
그림은 대구 신광교회 초등부와 소년부 어린이들의 작품입니다.

1학년

2학년 임주하

김민하

대봉초등학교 1학년 1반

1학년 김민하

저는 게임하는 것을 좋아해요. 공부하는 건 싫어해요.
나의 꿈은 축구선수랑 포켓몬 마스터예요.

내 장점 ✦

나는 피아노를 잘 친다. 한 시간에 바이엘 2권을 한다. 피아노 학원에도 친구가 있다. 피아노는 재밌다. 나는 축구 골키퍼를 잘한다. 축구는 방과 후에 한다. 골키퍼를 처음 할 때는 2학년의 골을 막았다. 일주일 전에 페널티킥과 프리킥도 막았다. 태권도도 잘한다. 나는 품띠다. 태권도를 2년 해서 이제 품띠가 되었다.

요구르트 ✦

요구르트는 비타민 C가 많다. 유산균도 많다. 달콤하다. 그리고 맛있다. 많이 먹으면 몸에 좋다. 다 먹으면 꼭 재활용해야 한다. 요구르트는 플라스틱을 재활용하고 버려야 한다. 플라스틱은 플라스틱에 버리고, 비닐은 비닐에 버려야 한다.

휴대폰 ✦

오늘은 내 휴대폰이 개통되는 날이다. 그래서 엄마 아빠 전화번호를 저장했다. 메시지도 저장했다. 내 마음이 좋다.

어떤 어른이 되고 싶나요 ✦

축구선수가 되고 싶다. 축구는 재밌다. 골키퍼도 잘한다. 공격도 수비도 잘한다. 나의 꿈은 축구선수. 골도 잘 넣고 헤딩도 잘한다. 축구는 참 재미있다. 내 친구들도 축구선수가 되고 싶어 한다. 나는 축구를 방과 후에도 한다. 축구는 역시 재밌다. 나는 커서 축구선수가 될 거다!

초코케이크 ✦

초코크림을 케이크에다가 발라 만드는 초코케이크. 생크림을 발라 먹어도 맛있다. 당 떨어질 때 먹으면 맛있다. 케이크를 먹으면 내 마음이 맛있다. 그래서 내 마음에 축제가 열리는 것 같았다.

예수님 ✦

예수님은 우리를 사랑해주시고 예수님은 우리를 구원해 주시고 우리를 악에서 구해주신다. 예수님은 십자가에 못 박혀 죽으시고, 예수님은 우리를 만들어 주시고, 예수님은 우리 마음에 있다. 예수님은 우리를 정말 사랑하신다.

포켓몬 고 ✦

포켓몬 고는 포켓몬을 잡아서 하는 게임이다. 아빠 폰에도 있고, 내 폰에도 있다. 아빠 폰에는 마기라스가 제일 세다. 내 폰에는 플로젤이 제일 세다. 포켓몬 고는 재밌다.

휴대폰을 처음 사서 엄마 아빠의 번호를 저장하고, 엄마 아빠가 보내주신 메시지를 저장한 것에 행복을 느끼는 아이입니다. 물질만능주의에 길들여진 우리에게 무엇이 진정한 행복인지를 가르쳐주고 있습니다. 민하가 예수님에 대해 신앙고백을 하고 있습니다. 민하의 신앙고백에 큰 감동을 느낍니다. 민하의 고백처럼 예수님은 우리를 정말 사랑하십니다.

김지유

강북초등학교 1학년 4반

1학년 김지유

저는 수영장 가는 것과 복숭아 먹는 것을 좋아합니다.

저는 수학을 잘하고 앞으로 화가, 의사가 되고 싶습니다.

글쓰는 것이 힘들었는데 글쓰기 교실을 하면서

글쓰는 것이 쉬워졌습니다.

내 생일 ✦

오늘은 내가 기다리고 기다리던 내 생일이다. 몬테소리를 마치고 보니 부엌에 케이크가 있었다. 언니 오빠도 있었다. 언니 오빠가 있으니까 기분이 좋았다. 생일 파티를 시작했다. 오빠가 아까 전에 사준 선물을 뜯었을 때 기뻤다. 이제 언니가 나한테 선물을 줄 차례였다. 언니는 나한테 크록스를 주었다. 조금 크지만 내가 좋아하는 캐릭터가 있어서 좋았다. 이제 나는 밥을 먹었다. 내가 좋아하는 갈비도 먹었다. 밥을 다 먹고 언니 오빠가 준 선물을 가지고 놀다가 행복한 잠자리에 들었다.

내 장점 ✦

나는 어려운 피아노를 잘 친다. 전부터 피아노를 잘 치고 싶었다. 그래서 언니가 나한테 피아노를 가르쳐 주었다. 언니는 피아노를 되게 잘하는 것 같았다.

나는 수학을 잘한다. 옛날에는 수학을 잘 못했다. 왜 잘하게 되었냐면 언니랑 아빠랑 엄마랑 선생님께서 가르쳐 주셨기 때문이다. 그래서 나는 수학을 잘하게 된 것이다.

나는 용감하다. 나는 강아지를 귀여워하지만 무섭기도 하다. 그래도 나는 용감해서 강아지를 만져본 적이 있다.

아빠는 나보고 예쁘다고 한다. 나는 예뻐서 가족들이 다 나를 예뻐해 준다. 다른 아저씨 아줌마도 나를 예뻐해 준다.

나는 키가 크다. 왜 키가 크냐면 엄마 아빠가 나를 키워 주었기 때문이다.

야구장 ✦

나는 야구장에 갔다. 거기에서 치킨도 먹고 딸기도 먹고 오렌지도 먹고 열심히 응원을 했다. 밥을 다 먹고 다른 데로 갔는데 거기는 마음에 들지 않았다. 그래서 원래 있던 자리로 갔다. 야구를 다 못 보고 가니 아쉬웠다. 그래도 참 신났다. 롯데3 : 삼성4

학교 ✦

　나는 오늘 아침 내 친구 아라, 서하와 함께 학교를 갔다. 나는 학교 가는 길에 벤치가 없어진 걸 알았다. 비 오는 날 빼고 매일 벤치에 갔다가 교실에 갔었다. 교실에는 나보다 일찍 들어온 친구들이 많았다. 벤치가 없어져서 섭섭했는데 교실에서 기도를 했더니 마음이 조금 좋아졌다. 이제 1교시 수업이 시작했다. 1교시에는 국어를 했다. 국어 시간에 글을 따라쓰는 걸 연습했고, 짝꿍이랑 이야기도 같이 읽었다. 나와 서하가 우유 당번이라서 1교시가 끝나고 교실에 우유를 갖다 놓았다.

　쉬는 시간이 되자 선생님이 텝으로 종이접기를 해도 된다고 했는데 나는 종이접기 할 게 없었다. 조금 있다가 점심 시간이 되자 밥을 먹었다. 나는 매운 것을 잘 못 먹었는데 매운 국을 오늘은 잘 먹었다. 내가 싫어하는 반찬 2개는 남겼다. 4교시에는 노래도 부르고 게임도 했다. 이제 4교시를 마치고 집에 갈 시간이었다. 오늘 아라가 우리 집에 놀러와서 같이 놀았다. 오늘은 4교시가 참 재미있었다.

낚시 ✦

　나는 낚시를 하러 갔다. 처음에는 조금 있다가 잡혔고 그 다음에는 더 많이 있어야 했다. 모두 10마리를 잡았는데 3마리가 도망갔다.

그래도 많이 잡았으니까 행복했다. 이제 집으로 갈 시간이 돼 물고기를 풀어줘 조금 아쉬웠다. 다음에 또 가고 싶다.

나를 아끼고 사랑하는 언니에게 ✦

언니 안녕? 나는 언니한테 고마운 게 참 많아. 먼저 언니가 나한테 과자랑 젤리를 사줘서 정말 고마웠어. 그리고 내가 심심할 때 나랑 놀아줘서 정말 재밌었어. 또 내가 공부를 할 때도 내 옆에서 공부해 줘서 고마워. 그리고 내가 피아노를 잘못할 때 옆에서 가르쳐 줘서 정말 고마워. 내가 그동안 까불어서 미안해. 이제는 착한 동생이 될게.

언니한테 하나밖에 없는 지유가.

*지유는 자신을 소개할 때 용감하다고 했습니다. 강아지를 귀여워하지만 무섭기도 하답니다. 그런 솔직한 마음이 참 와닿습니다. 그래도 용감해서 강아지를 만져봤다고 하는 지유가 참 사랑스럽습니다. 온 가족이 지유를 예뻐해주고 사랑해줍니다. 다른 아저씨 아줌마도 지유를 예뻐해준다고 하네요. 초등부 모두 지유를 사랑합니다. 그런 지유의 글 속엔 행복이 담겨 있습니다.

노주안

동신초등학교 1학년 2반

1학년 노주안

우리 반 선생님은 화낼 때는 무섭고 웃을 때는 좋아요.

친구는 7명과 사귀어서 사이좋게 지내고 있어요.

나의 꿈은 '영웅'이 되는 거예요.

영웅은 멋진 모습으로 우주를 날며 좋은 일을 해요.

좋아하는 것은 로봇 변신이고 싫어하는 것은 구몬 숙제에요.

글쓰기가 재미있어요.

글쓰기랑 사랑에 빠져서 마음이 터질 것 같아요.

내 장점 ✦

1. 나는 달리기를 잘한다. 열심히 연습해서 2022년보다 더 빠르게 달릴 거다.

2. 나는 로봇변신을 잘한다. 로봇변신은 처음에는 어렵지만 자꾸 해보면 점점 쉬워진다.

3. 나는 공부를 잘한다. 처음에는 재미없었는데 이제는 재미있다.

4. 나는 노는 게 재미있다. 왜냐하면 아빠가 너무 잘 놀아주신다. 아빠랑 토요일, 주일마다 논다.

5. 나는 글쓰기가 재미있다. 왜냐하면 글쓰기 교실은 최고니까. 자꾸자꾸 글쓰기에 참석한다.

6. 나는 해동검도를 잘한다. 검도는 처음에는 어려웠지만 점점 해보니까 쉬워졌다.

7. 나는 우쿨렐레를 잘친다. 왜냐하면 많이 배웠기 때문이다.

과학관 ✦

엄마랑 아빠랑 나랑 민하랑 국립대구기상과학관에 가기로 했다. 그리고 2층에부터 가야된다. 1층 1전시관은 공사 중이라서 못 간다. 기상과학관 2전시관에 열기구가 있다. 너무 좋았다. 재미있어서 많이 놀았다. 그리고 집에 왔다가 저녁에 할아버지 할머니 집에서 떡국을 먹었다. 맛있었다. 1월 7일은 내 생일이어서 생일축하도 했다.

영화관 ✦

오늘은 영화관을 가기로 약속했다. 영화 제목은 〈슈퍼마리오〉였다. 팝콘도 먹으면서 보기로 약속했다. 그리고 아빠가 어느 영화관 갈지 정해주셨다. 재미있을 것 같다. 그런데 영화관 안은 어떻게 생겼을지 궁금하다.

제주도 ✦

2022년 10월 6일에 나랑 엄마랑 이모랑 제주도에 갔다. 그리고 호텔 622번 방을 정해놓고 저녁에 전복죽을 호텔에 와서 먹고, 자고 아침에 일어나 호텔 밥 먹고, 집에 돌아와서 재미있게 놀고, 저녁이 돼서 붕어빵을 사고, 호텔에 다시 돌아와서 먹고 자고 아침에 마지막 호텔 밥 먹고 쉬다가 저녁이 돼서 10월 8일 비행기를 타고 대구로 돌아왔다. 재미있었던 이유는 바로 제주도에서 랍스터를 먹었기 때문이다. 정말 재미있었다.

치과 ✦

치과를 갔다 왔다. 치과에 가서 이에 약을 발랐다. 그리고 미니 지갑도 뽑았다. 그러고 나서 교회에 와 있다. 치과 갔다 왔는데 조금 아팠다. 이유는 치과에서 이를 뽑으려고 했는데 치과 선생님이 그렇게 많이는 흔들리지 않는다고 했다. 조금 아팠다. 양치를 잘 해야겠다. 사탕, 초콜릿, 젤리, 과자 등 이런 음식은 먹으면 안 되겠다.

축구 ✦

친구와 놀이터에서 놀다가 이마가 부딪쳤다. 그래서 아팠다. 하지만 나는 울지 않고 재미있게 놀았다. 어떤 친구가 어린이집에서 숨바꼭질하는 걸 봤다. 그리고 1월 1일에 처음으로 초등부로 왔다. 처음으로 초등부에 와서 놀고 밥도 먹고 형들이랑 축구를 했다. 재미있었다. 재미있는 이유는 형들이랑 축구했을 때 내가 공격을 해서 골을 넣었기 때문이다.

재미있는 꿈 ✦

꿈을 꿨다. 하나는 폭신폭신한 구름에서 뛰어놀았다. 직접 하늘 위에 올라가서 뛰어 놀았다. 엄청 하얗고 폭신폭신했다. 그다음 꿈은 무지개 길 위를 달리는 거 같았다. 일곱 색깔의 무지개가 엄청 아름 다웠다. 그리고 빨주노초파남보 색깔이 엄청 예뻤다.

새벽기도회 ✦

하나님과 예수님께 새벽기도를 드렸다. 그리고 선물을 받을 줄 알 았는데 선물은 못 받았다. 그 대신 하나님이 사용쿠폰을 주셨다. 그 리고 또 아침에 일어나서, 식빵과 떡을 먹었다. 새벽기도회를 갔다 온 이유는 피곤했지만 난 새벽기도회를 가고 싶었기 때문이었다. 재 미있었다.

* 주안이는 진실하고 성실한 아이입니다. 글쓰기 교실에도 열심히 나옵니다. 집중해서 강의를 듣습니다. 잠언 말씀에 '비록 아이라도 자기의 동작으로 품행이 정직한지의 여부를 나타낸다'고 했는데, 이 말씀을 실감케 하는 자랑스런 아이입니다. 주안이의 꿈은 영웅 이 되는 것입니다. 평범한 사람이라도 하나님을 만난 사람은 영웅입 니다. 주안이는 예수님 안에서 이미 우리들의 영웅입니다.

서예은

동성초등학교 1학년 4반

4학년 서예린

나는 독서하기와 과일을 좋아하고 싫어하는 것은 바이러스와 마스크다. 장래희망은 아이돌이나 선생님이다. 내 친구는 2명이다.

내 소원은 학교에서 올바른 생활을 하는 것이고 친구도 많이 사귀기이다.

글쓰기 교실에서 글쓰는 것이 재미있고 선생님과 이야기를 많이 나눌 수 있어 좋다.

고양이의 눈 ✦

고양이 눈의 종류는 많다. 초롱초롱한 눈과 무섭게 째려보는 눈이 있다. 어릴 때는 눈이 아주 초롱초롱하고 성인이 되면 보통 째려보는 눈이 된다. 다정하지 않고 무서운 눈으로 변신한다. 그리고 가격이 다 다르다. 비싼 고양이는 눈이 초롱초롱하고 귀엽다.

내가 되고 싶은 어른 ✦

내가 되고 싶은 어른은 착하고 성실한 어른이야. 우린 모두 착한 사람이 되고 싶어 해. 처음부터 사람은 나쁘지 않아. 그렇다고 처음부터 착한 게 아니야. 노력을 많이 해야 해. 돈이 없고 불쌍한 사람을 많이 도와주어야 해. 착한 사람이 도둑 같은 사람으로 변할 수 있고, 나쁜 사람도 좋은 사람이 될 수 있어.

믿음 ✦

어떤 사람은 천국에 가려고 교회를 가는 사람이 있고 예수님을 믿으려고 가는 사람도 있다. 하지만 교회를 간다고 천국에 가지는 않는다. 예수님을 잘 믿고 정직하게 살고 기도를 많이 하고 착한 사람으로 살아야 한다.

교회의 어떤 친구는 교회를 재미로 다닌다. 하나님이 좋다고 하는 친구도 있지만, 꼭 그런 사람만 있는 건 아니다. 한두 명은 교회에 놀려고 가는 사람이 있고, 천국에 가고 싶어서 가는 사람도 있다. 중요한 건 하나님을 믿어야 한다.

돌고래들은 수족관을 싫어해요 ✦

돌고래는 수족관에 있는 시간이 고통의 시간이에요. 너무 힘들 땐 자기 목숨을 희생하는 돌고래도 있어요. 수족관에 입술을 대고 사람들에게 벗어나고 싶다고 말해요. 돌고래들은 쇼를 좋아하지 않아요.

우리는 힘든 걸 알릴 수 있지만 돌고래들은 알릴 수 없고 스트레스가 점점 쌓여서 죽는 돌고래들이 많아요. 그래서 돌고래들은 수족관을 싫어해요.

내 장점 5가지 ✦

　나는 그림 그리기를 잘한다. 학원을 많이 다니고 집에서도 그림을 꾸준히 그리고 더 잘 그리려고 노력한다. 또 나는 말을 잘한다. 말을 많이 배웠기 때문이다. 그다음은 글쓰기를 잘한다. 또 나는 학교를 잘 간다. 그리고 춤을 잘 춘다. 왜냐하면 학교 방과 후 때 방송 댄스를 하기 때문이다.

* 예은이는 1학년이지만 생각이 아주 깊습니다. 철학적 사유를 할 줄 알고 자연과 인간에 대한 이해가 깊습니다. 수족관에 갇힌 돌고래들을 향한 마음은 참 따뜻하고 우리 어른들이 배워야 할 고귀한 사랑입니다. 돌고래들의 쇼를 보며 즐거워하는 우리들의 마음과는 달리 돌고래의 입장에서 생각하는 예은이의 마음속에는 예수님의 사랑이 가득합니다.

우하윤

강북초등학교 1학년 4반

4학년 서예린

저의 취미는 줄넘기, 훌라후프, 미술, 독서, 쓰기, 태권도입니다.
저의 소원은 엄마한테 용돈을 드리는 것입니다. 키는 120cm입니다.
몸무게는 19.8kg입니다.
좋아하는 음식은 스파게티, 치킨, 짜장면, 어묵국, 과일입니다.
꿈은 배우, 아이돌, 간호사입니다.
휴대폰은 있습니다. 안경도 썼습니다.

결혼식 ✦

결혼식에 갔다. 신부랑 사진도 찍고 뷔페에서 스파게티랑 케이크, 과일을 먹었다. 엄마가 축가를 불렀다. 사진도 찍었다. 올림픽 체험장에 가서 책도 읽고 포토존에서 사진도 찍고 스탬프도 찍고 달리기도 했다. 계단을 올라갔는데 미로를 걷는 것 같은 느낌이었다. 좋은 경험이었다.

예은이 언니 ✦

예은이 언니 집에 갔다. 들어가자마자 강아지가 월월 짖어서 무서웠다. 조금씩 보니까 귀여웠다. 강아지 이름은 하늘이다. 언니 집에서 씻고 로블록스도 했다. 자고 일어나서 건축놀이도 하고 과자도 먹었다. 새로운 하루였다.

* 하윤이는 지역 어린이입니다. 글쓰기 교실을 통해 함께 공부하고 있습니다. 처음엔 글쓰기에 대해 낯설어했지만 조금씩 글과 친숙해지고 있습니다. 하윤이는 예은이 언니 집에 가서 새로운 하루를 경험했다고 말하고 있습니다. 우리는 주님 안에서 날마다 새로운 하루하루를 경험하고 있습니다. 주님의 은혜를 통해서만 그것을 느낄 수 있습니다. 하윤이는 주님의 은혜를 받은 아이입니다.

피승윤

평리초등학교 1학년 1반

1학년 피승윤

나는 어머니를 좋아해요. 숙제와 방과 후 학교는 싫어해요.

나의 꿈은 축구선수예요. 학교가는 건 싫어요. 별명은 아저씨예요.

좋아하는 음식은 고구마, 피자예요.

좋아하는 동물은 고양이, 강아지예요.

싫어하는 동물은 일본원숭이에요.

글쓰기 교실은 쉬는 시간이 있어서 좋아요.

줄넘기 ✦

줄넘기를 할 때는 기분이 좋아진다. 줄넘기를 많이 하면 기분이 많이 좋아지고 줄넘기를 적게 하면 기분이 조금 좋아진다. 나는 줄넘기를 113개를 뗀다. 그래서 우리 반 친구 중에 내가 제일 많이 뗀다. 줄넘기를 많이 해서 키가 크고 싶다.

건강검진 ✦

오늘은 학교에서 건강검진을 했다. 시력 검사도 했다. 문진 선생님이 어디 아프냐고 물었다. 치과 선생님이 있을까봐 두근두근 긴장했다. 다행히 치과 선생님이 없었다. 청력 검사도 했는데 아주 쉬웠다. 그냥 '어디가 들려요?'만 물었다. 건강검진에서 소변검사를 했는데 결과가 좋았으면 좋겠다.

* 승윤이는 총명한 아이입니다. 예배도 잘 드리고 친구들과도 사이 좋게 지냅니다. 그림도 아주 잘 그립니다. 승윤이는 줄넘기를 많이 하면 기분이 많이 좋아지고, 횟수가 적으면 기분이 조금 좋아진다고 합니다. 운동을 하다 보면 정말 그런 느낌이 드는데, 승윤이는 자기의 감정을 정확하게 표현했습니다. 건강검진에서 좋은 결과를 기대하는 승윤이를 생각하면 미소가 저절로 지어집니다.

2학년

2학년 임주하

박재완

신암초등학교 2학년 1반

4학년 서예린

제가 잘하는 것은 만들기, 골키퍼입니다. 다리 벌리기도 잘합니다.

좋아하는 것은 자전거 타기, 캠핑가기입니다.

헷갈리는 것은 국어입니다.

교회를 열심히 다니며 예수님을 믿습니다.

눈에 보이지 않아도 하나님은 천국에서 우리를 바라보십니다.

동생 재겸이에게 ✦

재겸아, 안녕? 나는 너의 형 재완이야. 내 간식을 자꾸 뺏어 먹지 않았으면 좋겠어. 앞으로 간식이 생기면 나눠줄 테니까 제발 욕심부리지 마. 내가 간식을 많이 주진 않았지만 난 너를 많이 사랑해. 우리 앞으로 싸우지 말고 좋은 형제가 되자. 재겸이 너도 형처럼 항상 교회를 열심히 다니렴. 어린이집 생활 잘해. 넌 어린이집 에이스니까 선생님 말씀 잘 따라가.

예수님에게 ✦

예수님 안녕하세요? 저는 재완이에요. 예전에 죽으셨지만 다시 부활하셔서 엄청 놀랐어요. 어릴 땐 잘 몰랐지만 이제서야 알았어요. 앞으로 신앙생활 잘할게요. 예수님 천국에서 꼭 만나보고 싶어요. 예수님 사랑해요. 천국에서 꼭 만나요. 예수님 만나서 성경 이야기도 해보고 예수님과 달리기 시합도 해볼래요. 안녕히 계세요.

* 재완이 같은 든든한 형이 있는 재겸이는 참 행복할 것 같습니다. 재완이의 짧은 글 속에 예수님을 향한 사랑을 느낄 수 있었습니다. 재완이는 진심으로 예수님을 사랑합니다. 교회에 열심히 나오고 교회에 오는 것을 즐거워합니다. 동생에게 어린이집 에이스라고 하는 말에 빵 터졌습니다. 교회에서 받은 간식을 저에게도 나눠주는 재겸이는 진짜 에이스가 맞습니다.

박지유

학남초등학교 2학년 2반

4학년 서예린

제가 좋아하는 것은 피아노고 싫어하는 것은 벌레입니다.
자주 하는 것은 책보기입니다.

지하철 ✦

지하철에서 어떤 아저씨가 지하철 입구 바로 앞에 앉아서 엎드리고 있었다. 그 아저씨가 왜 그러고 있는지 몰랐다. 엄마도 모른다고 했다. 엄마가 모른다고 하니까 더 많이 궁금해졌다.

이번에 아저씨는 지하철이 덜커덩할 때마다 자세가 달라졌다. 그것도 지하철 안 바닥에서. 나는 안 처다볼 수가 없었다. 지하철에서 내릴 때 엄마한테 다시 물어봤다. 엄마가 술을 많이 먹어서라고 했다. 그 사람은 너무 이상했다. 나는 술을 안 먹고 지하철에서 그 아저씨처럼 되고 싶지 않았다.

중독 ✦

중독에 걸리면 위험하다. 중독은 똑같은 것을 절제하지 못하는 거다. 우리 아빠는 게임 중독이 있다. 내가 아빠한테 아빠는 공부를 안 하는지 물어봤다. 아빠가 어릴 때는 공부하고 어른이면 놀아도 된다고 했다.

지금은 게임, 유튜브, 컴퓨터 다 중독인 것 같다. 엄마의 중독은 밤에 늦게 자는 것이다. 어린이는 키가 안 큰다고 잠을 빨리 자야 한단다. 우리 아빠는 나보다 빨리 자는데.

나의 중독은 그림이다. 세상에 나쁜 중독만 있을 줄 알았는데 아니었다. 나의 중독은 모두를 행복하게 하는 중독이다. 그리기를 할 때는 내 기분이 좋아지고 그걸 본 사람들도 기뻐한다. 그건 행복하고 기쁜 중독이다.

걱정 인형 ✦

나는 걱정이 많다. 그래서 걱정 인형을 만들었다. 걱정 인형 이름을 뭘로 할지 모르겠다. 걱정 인형의 이름을 처음에는 외모로 정했다. 처음에는 뚱뚱해서 뚱뚱이? 다음은 얼굴이 예뻐서 예쁘니? 똑똑해 보여서 똑딱이? 다 맘에 안 든다. 2번째는 내가 만들었으니까 지윤이? 재윤이? 자유니? 3번째는 상상. 상상이니까 상상이? 유니? 지에? 다 내 이름이랑 비슷하게 지었는데 다 맘에 안 들었다.

아! 다 합체하면 되겠다. 이것도 아니야. 음…. 4번째는 마음으로. 마음으로 정하는 거니까 마음이? 걱정 인형이니까 걱정이? 뭘로 하면 좋을까? 외모로 해야겠다. 똑똑하고 이쁘고 튼튼하고 똑튼이로 하는 게 좋겠다.

내 이름은 왜 박지유인가 ✦

친구들은 내 이름이 박지유라서 박쥐라고 부른다. 내 이름은 외할아버지가 지어 주셨다. 나는 내 이름이 마음에 들지 않는다. 거꾸로 이름을 부르는 애들도 있다. 나는 내 이름이 왜 박지유인지 안다. '박'은 아빠 성을 따라 '박'이고, '지'는 '지혜로울 지'이고, '유'는 '아름다울 유'다. 내 이름이 왜 박지유인지 이제 알 것 같다. 할아버지가 날 아끼고 사랑하는 것 같다.

문방구 ✦

문방구는 참 좋다. 엄마 어릴 적에는 문방구에 떡볶이 한 개에 100원이었다고 했다. 순대는 200원이었다고 했다. 지금은 떡볶이랑 순대를 합하면 3만 2천 원은 될 것 같다. 지금 시대 문방구는 학용품, 장난감을 판다. 문방구를 많이 가고 싶다.

작가 ✦

나는 꿈에 대해 많이 생각한다. 나는 꿈을 이루고 싶다. 원래는 꿈이 없었다. 근데 지내다 보니 하고 싶은 게 저절로 생각났다. 어떤 날은 피아니스트가 돼보고 싶다. 나는 6살부터 피아노 학원을 다녔다. 피아노를 처음 치는데 기분이 좋았다. 그때 선생님들이 잘한다고 칭찬해주셨다. 나는 그때 이런 느낌을 느꼈다. 앞으로 열심히 해서 피아니스트가 될 거라고.

어떤 날은 화가가 되고 싶었다. 나는 그림 그릴 때 처음에는 못 그렸는데 계속 그리다 보니 점점 잘 그려졌고 칭찬을 받아서 화가가 되고 싶었다. 또 어떤 날은 마술사가 되고 싶었다. 사람들이 마술을 하는 것이 신기해서 마술을 해보고 싶었다. 아직은 잘 모르겠지만, 나는 다 하고 싶다.

* 운동할 땐 어깨에 힘을 빼야 합니다. 글도 마찬가지입니다. 글을 잘 써야겠다는 마음으로 꽉 차 있으면 글이 제대로 써지지 않고, 남에게 잘 보이기 위한 글로 변질되어 버립니다. 지유의 글에는 힘이 전혀 들어가 있지 않고, 물 흐르듯 자연스럽습니다. 음악의 신동이 모차르트였다면 글쓰기의 신동은 단연 '박지유'입니다. 지유가 작가가 된다면 지유 책의 독자가 되고 싶습니다.

이지호

동대구초등학교 2학년 3반

2학년 이지호

안녕하세요? 저는 이지호입니다.

취미는 축구, 책 읽기, 종이접기입니다.

좋아하는 음식은 만두인데 만두 중에서도 딤섬을 가장 좋아합니다.

장래희망은 축구선수입니다.

글쓰기 교실을 다니면서 머릿속에 있는 생각을

글로 표현할 수 있어서 좋았습니다.

저는 대구신광교회를 다니며 하나님을 믿습니다.

저는 평생 하나님께 자랑스러운 하나님 나라의 자녀가 되고 싶습니다.

하나님을 믿어보세요. 하나님의 따뜻한 사랑을 느낄 수 있습니다.

고통의 십자가 ✦

우리의 부족함을 채워주시는 예수님. 우리를 구원해 주시는 예수님. 누구보다 우리를 사랑하시는 예수님. 우리를 가장 사랑하시는 하나님. 하나님은 우리를 만드시고, 예수님은 우리를 구원하셨다. 우리를 사랑하시는 예수님과 하나님. 우리는 죄인이지만 하나님은 우리를 사랑하시는 분.

우리가 불교나 우상을 섬기려 다른 길로 가도 우리를 사랑해주신다. 우리는 예수님과 하나님께 감사하는 마음을 가져야 한다. 우리는 다른 길로만 가지만 예수님은 우리의 손을 잡고 인도해 주신다.

회의 맛 ✦

회는 나한테는 맛없고 어른들에게만 맛있나보다.
나도 언젠가는 회가 맛있어지려나?
회는 어른들에게는 맛있고 아이들에게는 맛이 없나 보다.
회의 맛은 무엇일까?
회의 맛은 알 수 없다.

하나님께 감사 ✦

하나님 감사한 것이 많지만 그중에서 늘 감사한 것은 수요예배에
나오게 해주셔서 감사합니다.
하나님 숨 쉴 수 있게 해주셔서 감사합니다.
하나님 움직일 수 있게 해주셔서 감사합니다.
공부할 때 지혜를 주셔서 감사합니다.
하나님 우리를 위하여 십자가에 못 박혀 주셔서 감사합니다.
하나님 유다의 배신으로 십자가의 못 박혀 죽음을 맞이하셨지만
다시 살아나 우리를 이끌어 주셔서 감사합니다.
좋은 선생님과 좋은 친구들 만나게 해주셔서 감사합니다.
학교 다니게 해주셔서 감사합니다.
재완이랑 아빠랑 축구보러 가게 해주셔서 감사합니다.
오늘 첫 수영도 잘 도와주셔서 감사합니다.

오늘 수업도 지혜를 주셔서 잘 할 수 있게 하여주신 것을 감사합니다.

재미있는 과학실험을 할 수 있게 해주셔서 감사합니다.

소그룹 가족들이 우리 집에 오게 해주셔서 감사합니다.

저에게 좋은 가족이 있게 해주셔서 감사합니다.

하나님 언제나 행복한 나날을 보내게 해주셔서 감사합니다.

하나님 새벽기도회 갈 때 일찍 눈이 떠지게 해주셔서 감사합니다.

비가 와서 미세먼지가 씻겨 내려가게 해주셔서 감사합니다.

예수님 언제나 즐겁고 행복하게 해주셔서 감사합니다.

하나님 언제나 즐거운 학교생활 하게 해주셔서 감사합니다.

하나님 취미를 즐길 수 있게 해주셔서 감사합니다.

하나님 가정이 행복하게 해주셔서 감사합니다.

하나님 재미있는 축구를 하게 해주셔서 감사합니다.

선교사님과 간사님을 만나고 달달한 수박도 먹게 해주시고 재미있는 수영도 하게 해주셔서 감사합니다.

교회 다니게 해주셔서 감사합니다.

감사한 게 너무 많게 해주셔서 감사합니다.

시계 ✦

시계는 한 곳에만 있어서 외롭겠다. 매일 한곳에서 매일 돌고만 있으니 시계는 벗어나지도 못하고 외롭다.

시간 ✦

시간은 빨리 가면 좋겠을 땐 느리게 가고
느리게 가면 좋겠을 땐 빨리 간다
시간은 마음대로이다
시간은 언제나
마음대로
시간은 변덕쟁이다

마음 신호등 ✦

우리 마음에는 감정을 나타나게 도와주는 마음 신호등이 있어. 우리 마음의 기분이 나쁘거나 짜증나거나 이럴 때는 빨간불. 조심스러울 때는 노란불. 기쁘거나 신나거나 반가우면 초록불. 이렇게 우리의 마음에 있는 마음 신호등. 마음 신호등은 감정을 다스리게 도와줘.

마음 신호등은 하나님이 우리를 위해 만들어 주신 거야. 마음 신호등에 전기가 잘 들어오기 위해서는 긍정적인 생각, 감사하는 마음, 감정을 잘 다스리기 위한 기도가 필요해! 빨간불이 들어오지 않게 3가지 방법을 지켜야 해!

내 동생 ✦

내가 4살 때 엄마한테 동생을 낳아 달라고 했다. 엄마가 아기는 마음대로 낳을 수 있는 게 아니라고 하였다. 나는 아쉬웠다. 그래서 날마다 하나님께 귀여운 여자 동생을 달라고 기도했다. 내가 다섯 살 때 하나님께서 나의 기도를 들으시고 귀여운 여자 동생을 주셨다. 바로 이지윤이다.

아기 때는 순해서 좋았지만 나이가 들수록 무서워졌다. 말을 하기 시작하면서 고자질하고 나쁜 말을 했다. 하지만 항상 그러는 건 아니다. 내가 심심할 때 빈자리도 채워주고, 내가 배고플 때 자기의 간식을 나눠 주는 동생이다. 나도 이제 동생한테 잘해줘야겠다. 내 동생 화이팅! 사랑해.

* 자녀교육은 말로 하는 것이 아니라 행동으로 보여주는 것이라고 생각합니다. 지호는 소그룹 가족들이 우리 집에 오게 해주셔서 감사하다고 하였습니다. 참으로 기특한 모습입니다. 지호가 이런 감사의 기도를 드릴 수 있었던 것은 교회를 사랑하고 성도님들을 사랑하는 부모님의 모습을 보았기 때문이라고 생각합니다. 땀을 흘리며 집중해서 책을 읽는 귀여운 지호의 모습이 생각납니다.

임주하

신암초등학교 2학년 2반

2학년 임주하

대구 신암초등학교 2학년 2반 임주하입니다.

좋아하는 것은 가족들입니다. 싫어하는 것은 똥파리입니다.
오빠는 버섯, 야채, 밥 등을 싫어합니다. 오빠가 좋아하는 것은 빵, 라면입니다. 오빠는 영어학원, 책나무, 합기도를 다닙니다. 오빠는 합기도 빨간띠입니다. 그리고 나는 책나무, 합기도, 미술학원을 다닙니다. 나는 합기도 파란띠입니다.

나의 소원은 강아지 키우기입니다. 애완동물로는 도마뱀과 새우를 키웁니다. 도마뱀의 이름은 캬둔입니다. 캬둔의 먹이는 밀웜입니다. 밀웜이 크면 거저리라는 벌레가 생깁니다. 새우는 작은 새우입니다. 이름은 크릴새우입니다. 오빠는 안경을 꼈고 나는 안경을 안 꼈습니다. 오빠는 폰이 없고 나도 폰이 없습니다.

글쓰기를 하면서 재미있었습니다. 엄마의 직업은 간호사입니다. 그래서 학원을 마치고 오면 집안에는 아빠와 할머니가 있습니다. 엄마가 시간이 되면 학원에 데리러 올 때도 있습니다. 그런데 대부분은 나 혼자 옵니다. 우리 집은 11층입니다.

오빠는 집에 있는 것을 좋아하는데 막상 밖에 나오면 집에 들어가기를 싫어합니다. 오빠는 취향이 독특한 것 같습니다. 나는 반대로 밖에 나가고 싶어하고 들어오는 것을 싫어합니다. 오빠랑 나랑은 취향이 완전 다른 것 같습니다.

우주 ✦

우주에 간다면 어떻게 될까? 우주에 가면 작은 별들이 반짝거리고 온몸은 떠있겠네. 우주에 가며 지구도 볼 수 있겠지? 멀리서 본 지구의 모습은 어떻게 생겼을까? 지구는 정말로 동그랄까? 우리가 지구 안에서는 평평한데 어떻게 지구 밖에서는 동그랄까? 궁금하다. 우주에 있는 달은 어떻게 생겼을까? 동그랄까? 우주에 있는 것들은 궁금한 게 많다. 우주에 간다면 둥둥 떠다녀서 재미있을 거 같다.

서점 ✦

서점에 갔다. 서점에서 뭐를 살까? 생각을 했다. 서점에 가자마자 만화책이 있는 데로 갔다. 『말이야와 친구들』을 살까? 아니면 『파뿌리24』를 살까? 아니면 『흔한 남매』를 살까? 나는 계속 고민하고 고민했다. 그런데 옆에 또 다른 게 보였다. 그림 그리기 책도 있고 물감도 있었다. 나는 그것도 사고 싶었다. 그런데 만화책까지 사면 너무 많아서 그림 그리기 책이랑 물감은 포기하기로 했다.

만화책도 고르기가 어려웠다. 그냥 만화책은 『파뿌리24』를 고르기로 했다. 그런데 밑으로 들어가니깐 펜도 팔고 스티커도 팔았다. 엄마는 펜을 샀다. 엄마가 물통도 사주고 엄마 폰케이스도 샀다. 집에 와서 떡볶이를 먹었다. 다음에는 아빠랑 와서 다른 만화책이랑 아빠한테 물어봐서 먹을 것도 사고 스티커도 사야겠다.

잠 ✦

잠을 자면 아무 느낌도 안 나고 일어나면 어느새 아침이 되어 있다. 일어나면 몸부림쳐서 이상한 데 가 있고 어떨 때는 침도 흘린다. 언제 아침이 된 걸까? 아침에 아무리 생각해도 저녁에 잔 생각이 안 난다.

일어나면 몇 분 밖에 안 지난 느낌이 든다. 난 자면서 무엇을 했을까? 어떨 때는 일찍 일어나서 7시에 일어나고 늦게 일어나면 7시 30분쯤에 일어난다. 그래도 지각은 안 한다.

놀이공원 ✦

놀이공원을 갔다. 처음에는 후룸라이드를 타러 갔다. 줄이 엄청 길었다. 그래도 탔다. 물을 맞으니깐 시원했다. 두 번째는 바이킹을 타러 갔다. 이건 줄이 조금 길었다. 그래도 바이킹은 한 번에 많이 타니깐 두 번 만에 탔다. 처음에는 바이킹이 재미없었는데 지나니깐 점점 재미있어졌다. 세 번째로는 귀신의 집에 갔다. 줄이 하나도 없어서 바로 들어갔다. 귀신을 만나니까 진짜 귀신의 집에 온 것 같았다. 정말 재미있었다. 네 번째는 콜팝을 먹으면서 쉬었다.

다섯 번째는 알라딘을 갔다. 알라딘에는 여러 가지 재미있는 게 많다. 알라딘을 타고 나왔다. 이제는 밥을 먹으러 갔다. 진짜 맛있게 먹었다. 여섯 번째는 회전목마를 타러 갔다. 빙빙 돌아가니까 조금 어지러웠다. 일곱 번째는 케이블카를 타러 갔다. 케이블카는 정말 재미있었다. 이제 아쉬운 마음을 가지고 집에 돌아가야 했다. 내일도 또 오고 싶다. 평생 잊지 못할 날이 될 거 같다. 내일도 아빠한테 오자고 말해서 내일도 또 와야지.

현대 아울렛 ✦

현대 아울렛에 갔다. 일단은 아빠 티셔츠를 사러 갔다. 엄마는 옷을 고르고 있었다. 그리고 내 패딩을 사러 갔다. 패딩은 정말 예뻤다. 그래도 다른 데도 가보기로 했다. 다른 데에 있는 것은 예쁜 털도 있었다. 결국에는 털 있는 패딩을 샀다. 그다음에는 아빠 티셔츠도 샀다. 그 다음에는 물통을 샀다. 엄마가 물통 씻는 것도 사자고 해서 샀다. 계산을 하고 택시를 타고 갔다.

집에 가서 전쟁놀이를 했다. 숙제를 하고 좀 놀다가 목욕을 오빠랑 재미있게 했다. 이제 엄마가 잘 시간이라고 해서 머리를 감고 양치를 하고 잤다. 다음에는 가족들이랑 같이 가서 사고 싶다. 그날이 빨리 오면 좋겠다.

엄마는 뭘할까? ✦

엄마는 병원에서 어떻게 일할까? 엄마는 암에 걸린 환자들을 간호한다던데 어떻게 간호할까? 그리고 엄마는 나 없을 때 뭘할까? 내가 학교 갔을 때 뭘할까? 내 생각에는 밥 먹고 청소하고 그럴 것 같다. 그리고 우리 글쓰기 교실을 기다릴 때는 성경공부를 하는 거 같다. 엄마는 뭘할까? 한번 물어봐야겠다.

* 주하는 관찰력이 뛰어나고 생각이 아주 깊은 아이입니다. 그리고 무슨 일이든 꼼꼼해서 주의 깊게 일을 해결해 나갑니다. 주하의 글 속에 있는 질문들은 누구라도 공감할 수 있는 내용들이기에 사람들의 마음을 열게 합니다. 우주에 대한 질문들, 엄마에 대한 질문들 말입니다. 주하는 집에서 동생이지만 교회에서 만나는 동생들을 잘 돌봐주는 사랑 많은 언니이자 누나입니다.

3학년

2학년 임주하

강지민

신암초등학교 3학년 3반

4학년 서예린

제 꿈은 우리 반 선생님처럼 아이들이 좋아하는 선생님이 되는 것이에요.
우리 선생님은 착하고 우리가 좋아하는 간식도 매일 주세요. 저는 수학 선생님도 좋아요. 수학을 재미있게 가르쳐주세요.
그렇지만 숙제는 싫어해요. 친구들과 운동장에서 뛰어노는 게 제일 좋아요.
제가 좋아하는 친구는 자은이, 다빈이, 수연이, 윤영이, 현진이가 있어요.
친구들과 자전거 타기도 하고 인라인도 타요.
이제는 두발 자전거도 잘 타고 인라인도 잘 타요.
처음에는 잘 못했지만 아침 일찍 일어나 혼자 열심히 연습하고 친구들과 같이 시합하면서 실력이 많이 늘었어요.

게임 ✦

　동생이랑 저녁에 밥 먹고 휴대폰으로 로블록스를 했다. 동생이 처음하는데 내가 처음 할 때보다 잘했다. 나는 빨간 팀이고 동생은 파란팀이었다. 근데 동생팀에 내 친구가 있었다. 나도 동생팀에 가려고 나갔다가 들어가는데 파란팀이 꽉차서 못 갔다. 아쉬웠다. 우리팀 친구들이 파란팀 깃발을 가져왔다. 우리가 이겼다.

　다음 판이 시작됐을 때 파란팀이 우리 깃발을 가져가고 있었는데, 용암이 나와서 우리 깃발이 다시 돌아왔다. 땅 파면서 몰래 파란팀으로 가고 있었는데, 파란팀 친구가 나한테 총을 쐈다. 그래서 다른 땅굴로 가는데 이미 파있는 굴이 있었다. 어이없었다. 그래도 파란팀으로 가서 깃발을 가져왔다. 우리가 이겨서 동생이 우리팀으로 오려

해서 오라고 했다. 동생이 오니 졌다. 동생은 패배를 몰고 온다. 우연
은 아닌 것 같다. 지난번에도 그랬다.

동생한테 내일 또 하자 그리고 친구랑 전화하면서 게임을 했다.
재미있었다. 매일 매일 친구랑 전화하면서 게임한다고 혼났다. 그래
서 친구랑 하고 있었는데 끊었다. 더 하고 싶었다. 내일 또 할거다.

친구랑 게임하면서 금지어도 했다. 그리고 버블티 타워도 했다.
어려웠지만 70까지 갔다. 버블티 타워는 짐작으론 1000은 넘을 거다.
왜냐면 초보스테이지 타워도 1065까지 했었기 때문이다. 그땐 어려
웠지만 또 하니 쉬웠다. 기분이 좋았다. 근데 게임을 3시간하고 질려
서 일주일 뒤에 할 거다. 게임하는데 친구는 놀이터에서 놀았다.

영화 ✦

친구들과 도서관에서 책을 읽고 영화를 보러 3층에 올라가 봤다.
영화에 뱀파이어 가족이 있었는데 뱀파이어 집에 어떤 사람이 문 앞
에 와 뱀파이어를 잡아가려고 문을 따려고 했다. 뱀파이어는 그걸
알아채고 숨었다. 결국 사람이 들어왔다. 하지만 뱀파이어가 없어 돌
아가던 중 주유소에서 어떤 사람이 일을 끝내고 집으로 가려고 정리
하던 중, 뱀파이어 아이가 날아가는 것을 보고 도망쳤다.

어떤 가족이 캠핑하러 가던 중 길을 잃어 헤매다가 어떤 호텔에 들어가 하룻밤을 자려고 아들이 호텔 방 창문을 열었는데 뱀파이어가 날아가는 걸 보았다. 뱀파이어는 뱀파이어 사냥꾼이 쫓아오는 걸 보고 도망치고 있었고 급하게 뱀파이어는 호텔 창문이 열려 있는 걸 보고 들어왔다. 어떤 아이를 뱀파이어가 해치려고 하는 줄 알고 아이는 무서워하고 뱀파이어는 아이가 해치려는 줄 알고 무서워하다가 아이를 해치러 했다. 하지만 얼마 뒤 둘은 친해졌고 뱀파이어를 들키지 않게 재워주고 아이도 잔다.

다음날 아이는 뱀파이어가 있는지 확인하고 밥을 먹고 저녁이 되는데 아이는 자고 있고 뱀파이어가 아이를 깨워 모험을 하게 해준다며 나는 법을 알려줬다. 그리고 아이가 잘 날 때 모험이 시작됐다. 나도 뱀파이어를 보고 싶다. 그리고 친구한테 뱀파이어가 있나 물어봤는데 친구가 없다고 했다. 영화에 나오는 뱀파이어는 무서웠다.

아이스크림 ✦

놀이터에서 친구와 그네를 타고 아이스크림을 사러 아이스크림 할인점에 갔다. 근데 아이스크림이 많이 없었다. 그래서 조금만 샀다. 돈이 남아서 문방구에 갔다. 쭈쭈바를 사고 놀이터에 가서 그네를 타며 쭈쭈바를 쪽쪽 빨아 먹었다.

근데 학원에 가야 해서 킥보드를 타고 신호등을 건넜는데 우체국 앞에서 휴대폰을 흘려서 줍다가 킥보드에 걸려 넘어졌다. 아파서 혼 났다. 바지에 피가 묻어있었다. 바지의 무릎이 찢어졌다. 아이스크림 이 흘려서 마트에서 사온 동생 아이스크림이 찌그러지고 내가 먹던 쭈쭈바는 굴러갔다. 그리고 친구 집에 가서 놀고 나왔는데 힘들었다.

휴대폰도 잃어버려서 할머니한테 무진장 혼났다. 엄마랑도 학교에 찾으러 가도 없어서 위치 추적했는데 학교 옆 아파트에 있다고 떠서 할머니랑도 찾으러 갔다. 근데 없어서 포기하고 휴대폰을 새로 사서 너무 좋았다. 근데 잃어버렸던 휴대폰을 바이올린실에 바이올린 보관 하는 데에서 찾았다. 휴대폰이 두 개가 돼서 무진장 좋았는데 잃어버 렸던 휴대폰은 동생이 입학하면 동생 휴대폰이 될 거라고 했다. 그래 서 슬펐지만 그날이 될 때까지 휴대폰을 많이 할거라서 괜찮다.

* 지민이의 일상이 담긴 글을 보니 지민이가 겪었던 일들이 생생하 게 다가옵니다. 자신의 경험을 이렇게 생생하게 쓰기 어려운데 지 민이는 솔직하고 생생하게 자신의 경험을 표현하였습니다. 지민이 는 친구를 좋아하고 남동생을 잘 품어주는 착한 아이입니다. 친구 들과도 즐겁게 뛰어노는 지민이를 보면 저도 마음이 기뻐집니다.

김해단

동대구초등학교 3학년 5반

4학년 서예린

저는 노는 것을 가장 좋아합니다.

제 꿈은 카페 사장님, 또는 카페 직원이고 가끔은 유튜버가 되고 싶습니다.

저는 요리하는 것을 좋아하고 고기, 채소 이런 거 말고,

케이크, 음료수 이런 디저트를 요리하는 게 더 좋습니다.

노는 것을 좋아하는 이유는 재미있고 친구들과 어울릴 수 있어서입니다.

민들레 ✦

새하얀 민들레를 호~ 하고 불면
민들레 씨가 이곳저곳 날아간다
가벼워 하늘을 나는 민들레
민들레는 하얗고
잎도 피어있고
노란색 민들레일 때도 예뻐

민들레는 개똥이라는 책에
예쁘게 등장을 하고
관련이 없어도 주인공같이 등장해
어떤 책은 민들레라는 책도 있지 않을까?
나는 민들레를 꽃 중 제일 좋아한다

사랑하는 예수님 ✦

예수님은 우리를 사랑하신다. 그러면 우리도 예수님을 사랑해야 한다. 나는 그래서 예수님을 사랑한다. 우리를 사랑하시는 예수님. 예수님은 왜 우리를 사랑하실까? 이유는 모르고 궁금하지만 난 예수님을 사랑한다. 내가 예수님을 사랑하는 건 정확하지 않다. 나도 정확했으면 좋겠지만 이 글을 읽을 수 있는 사람이 많다.

목사님, 박상준, 모든 교회 사람들은 거의 다 읽을 수 있다. 나는 내 글을 다른 사람들이 읽은 것을 싫어한다. '하나님을 사랑한다'고 여기에 쓰긴 하겠지만 사람들이 보면 부끄럽고, 솔직히 말하면 앞에서 얘기한 것처럼 정확하지는 않다. 하지만 오히려 그게 더 좋은 것일 수도 있다. 내가 예수님을 사랑하는 건 확신할 순 없지만 좋아하는 건 맞다. 나는 예수님을 정확히 사랑하는지는 모르겠지만, 좋아하는 건 정확하다.

첫! 마라탕 ✦

급식에 마라탕이 나왔다. 그날이 내가 처음으로 마라탕을 먹은 날이다. 하지만 걱정이 있다. 나는 맵찔이라는 것이다. 그래도 도전하려는 마음을 먹고 떨리는 마음으로 마라탕을 받았다.

마라탕을 먹은 그 순간 물통에 있는 물을 반이나 마시고 밥을 엄청 먹었다. 친구들 말론 그게 1단계도 아니고 1단계보다 덜 매운 단계였다. 생각해 보니 라면도 매워하는 맵찔이다. 맵찔이라서 속상하다.

* 해단이는 암기력이 뛰어납니다. 시를 외우고 좋은 문장을 외울 때면 늘 일등입니다. 인터넷으로 검색할 수 있는 시대에 굳이 암기를 하는지 의아한 분들이 많을 겁니다. 머릿속에 암기한 문장들이 많으면 책을 읽어도 더 많이, 더 깊게 책의 내용을 이해할 수 있습니다. 암기와 질문을 잘하는 귀여운 해단이는 분명 철학적 사유를 깊이 있게 할 수 있는 어른으로 성장할 것입니다.

박상준

동신초등학교 3학년 3반

2학년 정유은

저는 장난을 잘 치고 속도가 빨라요.

좋아하는 것은 치킨이에요. 영화보는 것도 좋아해요.

쥬라기 월드를 재미있게 봤어요.

글쓰기 교실에서 글을 써서 좋았어요.

나무 ✦

나무는 다양하다. 나무가 없으면 안 된다. 나무는 우리에게 소중하다. 나무가 자연이다. 다람쥐도 나무에서 살고 새도 나무에서 산다. 나무에 사는 동물이 많다. 만약 나무가 없다면 어떻게 될까? 그래도 나무는 없어지지 않는다. 그래도 없어질 수 있다.

쓰레기 ✦

쓰레기 냄새 난다. 집에 가고 있을 때 쓰레기 냄새 난다. 쓰레기는 왜 없애도 없애도 계속 있을까? 쓰레기가 사라지면 좋겠다. 쓰레기 수거를 해야 하지만 쓰레기차 소리가 너무 크다. 그래서 쓰레기가 없어지면 좋겠다. 나는 집에 가서 쓰레기를 줄여야겠다. 쓰레기차 소리 때문에 시끄럽고 쓰레기 없애는 아저씨도 힘들 것 같다. 이제부터 모두가 쓰레기를 줄여야겠다.

산 ✦

산은 언제부터
살았을까
산은 언제부터
잎이 생겼을까
바다는 어떻게
생겼을까
바다 생물은
어떻게 생겼을까
그래도 이 모든 것은
이 지구는 하나님이
만드신 거다

환경오염 ✦

환경오염은 뭘까? 환경오염이 사라지면 좋겠다. 쓰레기를 줄이면
환경오염이 없어질까요?

모래 ✦

모래는 신기하다. 모래는 장난감이랑 물건에 사용된다. 모래를 만지면 흙을 만지는 것 같다. 모래는 신기하다.

달란트 ✦

달란트는 재밌다. 달란트 잔치를 맨날 하면 좋겠다. 달란트 잔치는 달란트 시장을 열고 달란트를 줘서 물건을 사는 거다. 달란트 시장에 언젠가 레고도 나왔다. 그때 정말 재밌었다. 또 하면 좋겠다.

* 상준이는 밝고 사랑스런 아이입니다. 질서를 잘 지키고 어른들과의 관계도 좋습니다. 자기의 생각도 정확하게 표현합니다. 친구들과 사이좋게 어울리며 막냇동생도 잘 챙겨줍니다. '순수'라는 단어는 상준이와 제일 잘 어울리는 말입니다. 상준이는 하나님께서 만드신 자연을 소중히 여기며, 이 자연이 다시 아름답게 회복되길 원하는 마음이 글 속에 담겨있습니다.

백주혜

강동초등학교 3학년 3반

3학년 백주혜

저는 그림을 많이 좋아해요.

선생님께서도 저보고 그림을 잘 그린대요.

그래서 꿈을 화가로 정했어요.

제가 어른이 돼서 유명한 화가가 되면 좋겠어요.

푸드셰어링 ✦

오늘은 목사님이 푸드셰어링에 대해 말해주셨다. 1년에 나오는 음식물 쓰레기를 큰 화물 트럭에 담아 한 줄로 세운다면 지구 둘레를 무려 일곱 바퀴나 돌 정도라고 목사님이 말씀하셨다. 그런데 8억이 넘는 인류가 배를 곯고 있다고 하셨다. 동남아시아 인구 가운데 3분의 2가 절대 빈곤 가운데 있다고도 하셨다. 그리고 목사님이 인도에는 휴지가 없어 똥을 손으로 닦는단다.

그래서 사람들은 음식물 쓰레기가 남지 않을 방법을 생각했다. 그 결과 탄생한 것이 푸드셰어링이란다. 푸드셰어링은 무심코 버리던 음식을 필요한 사람들에게 나눠주는 거라고 하셨다. 시작은 독일이었고 지금은 세계 여러 나라에서 푸드셰어링을 한단다. 음식이 상하거나 지저분하지는 않을까 걱정했는데 냉장고를 청소하는 자원봉사 덕분에 푸드셰어링이 잘 이어지고 있단다.

생일 ✦

2월 8일은 우리 아빠 생일이었다. 그래서 생일 파티를 했다. 초코케이크도 먹고 막대롱 젤리를 늘려서 하트모양 만들고, 야쿠르트를 하트모양으로 만들었다. 초코케이크는 곰돌이 모양이어서 귀여웠다.

초는 10개 크기 6초랑 1개 크기 8초를 사서 68개 만큼 되었다. 이제 아빠는 68세다. 그리고 편지도 썼다. 생일선물로 일요일 샤브샤브를 먹을 예정이다. 일요일이 빨리 오면 좋겠다. 아빠 생일에 맛 좋은 것을 많이 먹으니 좋다.

새 학기 ✦

3월 2일 날은 새 학기다. 새 학기에는 공부를 안 해서 좋다. 나는 3학년 3반이다. 3반은 모두 24명이다. 아빠가 새 학기라고 공책이랑 필통을 사줬다. 가방도 사줬다. 너무너무 내 맘에 쏙 들었다. 기분이 너무 좋았다.

새 학기에 새 친구도 사귀었다. 근데 준비물이 정말 많았다. 반 배정도 망했다. 내가 제일 좋아하는 친구가 있는데 걘 1반이다. 월요일날 5교시, 화요일 6교시, 수요일 5교시, 목요일 5교시, 금요일 5교시다. 화요일이 6교시라서 너무너무 싫다. 6교시는 제일 피곤할 것 같다

땀 ✦

덥다 덥다 밝은 해가 쨍쨍
땀들이 내 머리에 송송 맺힌다
땀들이 내 머리 위에서 떨어진다
아마도 땀들은 내 머리가
미끄럼틀인 줄 알고
또르륵 또르륵
내 머리 위에서 미끄럼틀을 타고
슝슝 내려간다

* 주혜는 멀리서 글쓰기 교실에 나옵니다. 더울 때도 추울 때도 비가 올 때도 한결같이 빠지지 않고 성실하게 나옵니다. 항상 밝고 씩씩하며 친구들과 잘 어울립니다. 처음엔 조용하고 내성적인 줄 알았는데 오래 지내다 보니 장난도 잘 치고 유머 감각도 뛰어납니다. 성경 암송을 얼마나 잘하는지 저보다 훨씬 암송을 많이 합니다. 성실함과 총명이 가득한 주혜가 참 사랑스럽습니다.

우하준

강북초등학교 3학년 3반

2학년 정유은

저는 3학년이고 취미는 피아노, 요리, 만들기입니다.

키는 148cm 정도이고 좋아하는 음식은 맵고 짠 것입니다.

꿈은 요리사, 파티시에, 피아니스트입니다.

싫어하는 것은 벌레와 발표입니다.

목사님은 키가 크고 착하십니다.

결혼식 ✦

친한 이모 결혼식에 갔다. 가서 사진도 찍고 뷔페도 먹었다. 예식 장엔 꽃도 있고 사람들도 많았다. 그리고 신랑, 신부 사진도 찍었다. 신부는 예쁘고, 신랑은 잘생겼다. 신부와 신랑이 키스도 했다. 차를 타고 갔는데 너무 더웠다. 신부 신랑이 부럽다. 엄마도 언제 혼주 되냐고 계속 말한다. 오래 기다려야 할 것 같다.

주하 생일파티 ✦

주하 생일 파티에 갔다. 키즈 카페에서 놀고 음식도 먹었다. 주혁이 형이 친구를 웃겼다. 다 먹고 마피아도 했다. 그리고 왕 놀이도 했다. 다 놀고 집에 가려다가 주혁이 형 집에 갔다. 너무 좋았다. 나도 좀 있으면 생일인데 가족들이 축하해주면 기분이 좋을 것 같다.

* 하준이는 글쓰기 교실을 통해 만난 이웃 어린이입니다. 수업 태도가 좋고 의젓합니다. 결혼식이라는 글을 읽고 한참 웃었습니다. 신랑 신부가 부럽다는 말도 귀엽고, 엄마가 언제 혼주 되냐고 말씀하시는 것도 참 재미있었습니다. 우리가 부러워해야 할 것은 딱 하나라고 생각합니다. 바로 예수 그리스도와 동행하는 삶입니다. 예수님만이 우리의 참된 만족이 되십니다.

육서영

침산초등학교 3학년 2반

3학년 육서영

우리 가족은 엄마, 아빠, 나, 그리고 작고 귀여운 햄스터입니다.

저의 장래희망은 의사였다가 제빵사였다가 지금은 학교 선생님입니다.

제가 학교 선생님이 된다면 아이들을 사랑하고 친절하게 잘못을 깨우쳐 주는 선생님이 되고 싶습니다.

제가 좋아하는 음식은 많지만 그중에서 산낙지가 제일 좋습니다.

제일 좋아하는 활동은 친구들과 놀기, 가족들과 놀기, 그림 그리기, 책 읽기, 피아노 치기 등이 있습니다.

좋아하는 동물은 강아지입니다.

왜냐하면 강아지를 만지면 기분이 좋아지고 덜 외롭기 때문입니다.

마지막으로 제 소원은 우리 가족이 아프지 않고 행복하게 오래오래 사는 것입니다.

내 강아지 ✦

엄마가 나한테 "강아지를 키울래?"라고 물으셨다. 나는 "응!"이라고 대답했다. 그래서 귀여운 푸들이 우리 집에 왔다. 나는 푸들이 우리 집에 왔을 때 바로 푸들을 만져보았다. 따뜻하고 푹신하고 보들보들했다. 큰고모가 푸들의 이름은 '꾸꾸'이고 여자라고 하셨다. 나는 꾸꾸와 함께 놀아주고 학교를 마치고 산책도 시켜주었다. 내가 슬플 때 꾸꾸는 나를 행복하게 해주었고, 꾸꾸가 애교를 부리면 우리 가족은 모두 다 웃음을 터뜨렸다.

그런데 어느 날, 엄마가 꾸꾸를 딴 데로 보낸다고 하셨다. 나는 처음에는 깜짝 놀랐다. 그러다가 울었다. 나는 엄마에게 제발 꾸꾸를 보내지 말라고 울먹거리면서 말했다. 엄마가 나를 달래도 소용이 없었다. 나는 너무 속상했다. 다음날 꾸꾸는 아빠 차를 타고 떠났다. 엄마가 "괜찮아 괜찮아"라고 하셨다. 꾸꾸와의 이별은 참 힘들고도 슬펐다.

* 강아지를 사랑하고 그리워하는 서영이의 마음이 따뜻하고 애틋합니다. 꾸꾸를 만져보니 따뜻하고 푹신하고 보들보들했다고 합니다. 실제로 겪은 일이라 표현이 실감납니다. 강아지는 욕심도 없고 거짓도 없고 그저 가족만을 좋아합니다. 그런 강아지를 만나 마음을 다 주었는데 강아지가 떠났다니 저의 마음도 안쓰러웠습니다. 하지만 서영이 곁엔 언제나 하나님이 함께 계십니다.

4학년

2학년 이예을

김현석

연경초등학교 4학년 4반

2학년 정유은

저는 신광교회에 작년에 새로 왔어요.

처음에는 친구가 없어서 교회에 오는 게 힘들었지만,

지금은 친구들이랑 선생님들 덕분에 교회에 잘 다니고 있어요.

글쓰기 교실을 하면서 저의 생각이 점점 깊어지고 넓어졌어요.

저는 하나님을 사랑해요.

하나님을 믿지 않는 친구들이 제가 믿는 하나님을 알고 함께 믿었으면 좋겠어요. 하나님은 우리 모두를 사랑하시는 분이시니까요.

욕을 쓰지 맙시다 ✦

게임을 하다가 한 유저를 만났는데 갑자기 욕을 했다. 그래서 먼저 신고를 하고 서버를 나갔다. 다른 게임에 들어갔다. 다행히 그 서버에는 욕을 쓰는 사람은 없었다.

사람은 두 가지로 나누어지는 것 같다. 욕을 쓰는 사람과 욕을 쓰지 않는 사람으로 두 가지가 있다. 나는 욕을 쓰는 사람은 되지 않아야겠다고 결심했다. 욕을 쓰지 않는 사람은 인성이 좋고, 욕을 쓰는 사람은 무조건 나쁜 사람이라고 생각하지는 않는다. 다만 '욕을 쓰지 맙시다'가 내 의견이다.

여러분들은 욕을 쓰지 마시길 바랍니다.

나의 신년목표 ✦

나는 새로운 목표가 하나 생겼다. 바로 드론 자격증 따기다. 드론 자격증을 얻으려는 이유는 자꾸 TV를 보는 시간이 더 많아지고 있기 때문이다. TV를 보는 시간에 드론을 날릴 계획이다.

하지만 시험이 어렵기 때문에 강의를 잘 들어야 한다. 한 달 동안에 강의를 들어서 시험점수를 70점 이상으로 받아야 한다. 우리 아빠는 이미 4종 드론 자격증을 땄다. 나도 아빠처럼 자격증을 따서 드론을 날릴 것이다.

지구 온난화 ✦

빙하가 녹고 해수면은 점점 높아진다. 이제부터는 분리수거를 잘해서 버려야겠다. 나무는 파괴되고 공기는 오염된다. 자연은 파괴되고 이산화탄소로 가득 차게 된다. 오늘 목사님이 한 말씀을 듣고 나니 쓰레기는 원래도 길바닥에 버리지는 않지만 더욱더 안 버려야겠다고 다짐했다.

예수님께 기도해서 지구 온난화가 멈췄으면 좋겠다. 자연환경을 지키려면 나라도 잘해야겠다. 하나님이 처음 창조하신 그 지구를 다시 되찾기 위해 노력할 것이다.

어른이 되고 싶다 ✦

누구나 한번쯤은 '나도 어른이 되고 싶다'라는 생각을 했을 것이다. 하지만 어른이라고 다 좋은 것은 아니다. 그 이유는 사회 생활은 생각보다 어렵기 때문이다. 어린 아이들은 '어른은 마음대로 할 수 있구나' 생각하겠지만 무엇보다 책임을 져야 한다.

나도 어른이 되고 싶을 때도 있지만 되기 싫을 때도 있다. 가끔씩 '미래의 나는 어떨까?', '미래의 나는 어떻게 지내고 있을까?' 생각한다. 부모님은 "커서 뭐가 되겠나"라고 말하지만 나의 미래는 아무도 모른다. 오직 하나님만 아신다. 나의 장래희망은 유튜버다 "미래의 나야, 어른이 되어서 성공한 유튜버로 만나자 안녕!"

강아지풀 ✦

저 넓은 들판에 널려있는 강아지풀
꼬리를 살랑살랑 움직인다
강아지풀을 보니
부드러운 털을 가진 강아지가 생각난다
복슬복슬 부드러운 강아지풀

휘날리는 벚꽃잎 ✦

훨훨 부는 바람에
벚꽃잎이 날아간다
사람들은 '저 얄밉게 날아다니는 벚꽃잎 잡을 수 있는 사람?'

잡으려고 해도 잡히지 않는
얄미운 벚꽃잎
벚꽃잎 잡아라!
하지만 바람이 말썽이다

벚꽃잎 하나
벚꽃잎 둘
벚꽃잎 셋
셀 수 없이 많은
벚.
꽃.
잎.

매미 ✦

더운 여름날
매미가 맴맴~
산속에 있는 매미가 맴~
나무에 붙은 매미가 맴~
매미 때문에 귀가 아프다
집에 있어도 맴맴~ 소리가 들린다
밖에서도 맴맴~ 소리
어딜가도 들린다
이젠 맴맴 소리가 끝났다
가을이 찾아왔다

사과 ✦

빨갛게 잘도 익은 사과
고놈 참 맛나겠구나
사과나무에 주렁주렁
달려있는 사과
빨갛게 잘 익은 놈 하나 따서
먹으면 새콤달콤 맛있는 사과
봄이 준 선물 중 하나인 사과

반짝반짝 별 ✦

밤이 되면 오순도순
별 가족이 모인다
까만 밤하늘에 반짝반짝 빛나는 별
내 마음도 반짝반짝
아침이 되면 별들은 모습을 감춘다
별은 꼭 밤하늘에 손전등 같다
우리 앞길을 밝혀주는 영원한 손전등
예쁜 별님들

* 현석이의 글은 반듯합니다. 현석이 역시 품행이 바르고 허리도 항상 곧게 펴고 다닙니다. 현석이는 자신의 미래를 '오직 하나님만이 아신다'고 고백했습니다. 이처럼 하나님을 신뢰하므로 자신의 미래를 긍정하는 현석이의 믿음이 대단하게 여겨집니다. 현석이는 산문뿐만 아니라 시도 얼마나 잘 쓰는지요. 정직하고 모범적인 현석이의 미래를 하나님께서 책임져주실 것이라 믿습니다.

민채윤

동신초등학교 4학년 1반

4학년 민채윤

내 꿈은 피아니스트이다.

왜냐하면 희망 잃은 사람들에게 희망을 선물해주고 싶고

멋진 선율로 예수님께 인도하고 싶다.

그래서 난 늘 피아노를 친다.

이번 글쓰기 교실을 통해서 많은 교훈을 얻으며

좋은 시간을 보낼 수 있었던 것 같다.

내 소원은 모든 사람들이 예수님을 믿어

하나님 보시기에 좋은 사람이 되는 것이다.

또 나는 친구들과 노는 것이 즐겁다.

내 친구는 해인이, 송윤이, 서현이, 예린이, 혜주, 윤서가 있는데 나의 소중한 친구들이다. 앞으로 더 많이 좋은 친구를 사귀고 싶다.

그리고 내 목표는 줄넘기를 잘하는 것과 피아노 콩쿨에 나가는 것이다.

앞으로도 좋은 글을 많이 쓰고 싶다.

가장 무서운 습관 ✦

머칠 전 피아노학원 선생님께서 어떤 언니에게 레슨을 하고 계셨다. 언니가 잘 치다가 어떤 부분을 틀렸다. 그러자 선생님께서 혼을 내시며 이렇게 말하셨다. '이래서 습관이 가장 무서워' 저번에도 틀렸나보다. 나도 그런 말을 들어보았다. 습관이 되면 고치기 힘들기 때문에 그러셨나보다.

나도 습관이 된 것이 있다. 빨리 나쁜 습관이 없어져야 될텐데….
앞으로 나쁜 습관을 없애야겠다. 그런데 우리의 습관은 왜 생길까?

카메라 ✦

카메라로 사진을 찍었다. 한 장, 두 장, 세 장 계속 찍어본다. 할머
니와 여행 갔던 것도, 친구들과 놀이터에서 놀았던 것도 카메라로 찍
어본다. 하나하나 추억으로 남긴다. 그리고 카메라로 뽑으면 신기하
다. 처음에는 흰색, 그다음에는 노란색, 빨간색, 파란색이 나온다. 계
속 찍어서 또 하나의 추억을 만든다. 카메라가 나의 추억을 만들어
주어서 너무 고맙다.

내 마음속 음악가 ✦

나는 내 마음속에 음악가가 있다고 생각한다. 왜냐하면 늘 내 마
음속에 노래 하나하나가 떠오르기 때문이다. 행복할 때는 행복이라
는 찬양, 길을 걸어갈 때도 늘 피아노와 바이올린 악보가 생각난다.
그래서 늘 콧노래를 흥얼흥얼. 또 계속 피아노와 바이올린을 연주하
고 싶다. 잘 안되면 짜증나지만 그래도 계속 연주하고 싶다.

유명한 음악가가 되는 내 꿈을 향해 노력하고 연습한다. 매일매일

연습하다 보면 내 마음속의 음악가가 흥얼거리며 나를 도와준다. 내 마음속 음악가가 오로지 내 꿈만을 위해 달려가는 것을 도와주길 바란다.

나에게 예수님이란 ✦

나에게 예수님이란 나를 살려주신 구세주이시다. 나에게 가장 중요한 분이시며 나를 만드시고 항상 감사하다. 내가 예수님을 사랑하듯 예수님도 나를 아주 사랑하신다. 내가 예수님을 생각하지 못할 때도 항상 내 마음을 붙잡아 주시며 나를 이해하신다. 나의 구세주 예수님이 참 좋다.

환경오염 ✦

하나님께서 만드신 지구가 환경오염으로 인해 파괴되고 망가지고 있다. 사람들은 계속 온실가스를 줄여야지 생각하지만 나도 그렇고 우리 모두 그 말은 마음속에만 있는 것 같다.

예전에는 봄, 여름, 가을, 겨울이 확실했는데 지금은 환경오염 때문에 거의 똑같아지고 있다. 가까운 거리도 차를 타고 가 매연이 생겨나고 아껴 쓰지 않아 쓰레기가 쌓여간다. 또 나는 가끔 마스크를 하루에 한 번 쓰고 그다음 날 바꾸는데 그것도 환경오염이 되지 않을까 싶다. 또 바다거북이나 물고기들이 쓰레기, 매연, 환경오염 등의 이유로 아파하는 모습을 보니 마음이 아프기도 하다. 또 날씨 변화 때문에 아픈 사람들이 많다.

앞으로는 정말 생각이 아닌 행동으로 하나님께서 만든 지구를 사랑으로 지켜야겠다. 비록 우리가 낭비해 더러워졌지만 하나님께서 모든 능력을 다 하셔서 만드신 지구를 잘 다뤄야겠다.

2학년 이예을

팽이 ✦

우리 반에서는 원래 딱지 개수로 경쟁을 했다. 그런데 우리 반 여자애들끼리 종이팽이를 접었다. 그러자 남자애들이 경쟁을 하듯이 우리를 따라 팽이를 접었다. 하루만에 40개도 넘게 접었지만 오래 돌리기 시합을 해서 5개도 넘게 뺏겼다. 우리가 왜 배틀했지? 이런 후회가 있었지만 더 접으면 되지. 이런 생각도 들었다. 남자애들이 왜 우리를 따라하는지 모르겠지만 자꾸만 배틀하자는 남자애들이 좀 얄미웠다. 사물함 바닥이 보일 정도로 별로 안 남았지만 더 많을까 싶어 긴장된다.

남자애들의 팽이는 세지만 우리는 평범하다. 더 강하게 접고 싶은데 잘 모르겠다. 남자애들에게 복수하고 싶지만…. 인정사정없이 따지며 가져가려고 하는 남자애들이 너무 싫다. 우리도 더 센 팽이를 접고 싶다라는 생각이 있지만 빨리 이 경쟁이 끝났으면 좋겠다는 생각이 든다. '얘들아 우리 경쟁하지 말고 그냥 즐겁게 놀자'라고 말해 볼까?

「아낌없이 주는 나무」를 읽고 ✦

나는 「아낌없이 주는 나무」를 읽고 하나님과 나 같다는 생각을 했다. 늘 하나님께 무엇을 달라 요구하는 내가 나무에 계속 요구하는 소년과 같다는 생각이 든다. 정말로 진실하게 소년을 사랑하는 나무. 우리 하나님께서도 나를 사랑하신다. 늘 감사하다 생각하면서 표현은 제대로 하지 않는 그런 나와 하나님. 정말 아낌없이 주는 나무와 소년 같다. 계속 욕심부려 다 가져가려고 하는 나와 소년, 하지만 나를 사랑하시는 그리고 계속 먹을 것, 입을 것 등 풍족하게 채워주시는 하나님과 아낌없이 주는 나무. 내가 아낌없이 주는 나무였다면 짜증이나 내고 무시했을 텐데…. 정말 사랑하는구나 싶다.

나도 아낌없이 주는 나무처럼 마음이 따뜻한 사람이 되고 싶다. 처음에는 정말 서로를 아껴주는데 정말 거만해지는 소년. 끝까지 사랑하는 나무는 계속 놀자고 하지만 소년은 거절한다. 하나님께서 나에게 '채윤아 채윤아' 하시는데 거절하는 나라는 생각이 든다. 정말 욕심을 부리지 않고 나도 서로 사랑을 나누고 함께 하는 그런 예수님의 제자가 되고 싶다.

「벌거벗은 임금님」을 읽고 ✦

오늘 「벌거벗은 임금님」을 읽었다. 이 책의 내용은 나라 다스리기에는 관심 없고, 멋진 옷 입는 것만 좋아하는 임금님이 사기꾼에게 속아 어린아이에게 놀림 받는 이야기다. 나는 이 책을 읽을 때 사기꾼이라 하자 우리 반에서 친구들을 잘 속이는 애 이름이 생각나기도 했고, 왕이 벌거벗어 아이한테 놀림 받을 땐 '쌤통이다' 이런 생각도 들었다. 그래서 내가 재미있게 읽었던 것 같다. 내가 임금이었다면 솔직히 말하고 그래도 놀림 받지 않은 행차가 되길 원했을 텐데…. 그리고 양심에 귀 기울이지 않는 어른들에 비해 솔직히 말하는 어린아이도 대단하다는 생각이 들었다.

나는 다시 한번 '사람은 솔직해야겠구나' 생각했다. 때론 까먹을 수도 있지만 또 실수하여 자신의 생각을 못 말할 수 있겠지만 최대한으로 노력해야겠다. 어린아이에게 놀림 받았던 왕이 어떨지 궁금하다. 나도 왕의 옷을 만들어 보고 싶지만 왕이 정말 내가 만든 옷을 입어 줄까도 궁금하다. 앞으로 더 착하고 솔직한 사람이 되며 거짓말을 하지 않는 사람이 되고 싶다.

비닐하우스는 집이 아니다 ✦

나는 이 글을 읽고 이주 노동자들이 불쌍하다는 생각이 들었다. 열심히 일하는 사람들인데 비닐하우스를 집이라고 생각하고 이 집에서 묵으라는 말…. 참 안타까웠다. 4년 넘게 일을 하고는 그 하룻밤 때문에 가족을 만나지 못한다니 그 비닐하우스는 식물이 자라기에 적합한 곳이지만 사람이 살기에는 적합하지 않은 곳인데 그런 곳에서 살라고 하다니…. 보상금을 받았지만 그것보다는 사람 생명이 더 중요한 가족들, 정말 나였어도 펑펑 울었을 것 같다.

모두 하나님이 만드신 소중한 생명을 함부로 하는 것 같다. 모두 하나님이 사랑하는 자녀인데…. 항상 성경에 나오는 이야기와 지금 우리의 모습이 똑같다. 지금부터라도 그런 일이 없도록 노력해야겠다. 열심히 기도하고 외로운 친구들에게 관심을 가지고 가난한 사람, 어려운 사람에게 말도 걸어주는 멋진 사람이 되고 싶다.

내 친구 예성이 ✦

목요일부터 내 친구 예성이가 학교에 나오지 않았다. 왜 오지 않는지 궁금해 선생님께 물어보았다. 선생님께서 열도 많이 나고 감기에 걸렸다고 하셨다. 항상 씩씩한 목소리로 발표하고 환하게 웃고 때론 재미있는 이야기도 하는 예성이가 안 오니 좀 허전했다. 많이 아픈가 싶어 영어학원 가는 차에서 연락해보았다. "예성아, 많이 아파? 빨리 낫길 응원할게. 푹 쉬고 우리 월요일에 볼 수 있도록 하자~" 마침 그 연락을 본 예성이가 "괜찮아, 걱정해줘서 고마워~"라고 답을 해주었다.

처음에는 '에이, 거짓말'이렇게 생각했는데 몇 분 있다 보니 '아, 이런 응원 메시지, 연락을 보며 힘을 얻어 빨리 나았으면 좋겠다.'라고 생각했다. 하나님께서 예성이의 몸을 치료해주셔서 꼭 학교에 다시 나오면 좋겠다. 그리고 예성이뿐만 아니라 세상 모든 사람이 아프지 않게 열심히 기도 할 것이다. 내 친구 예성이와 월요일에는 꼭 반갑게 인사하고 싶다.

* 어린이들에게 가장 중요한 가치는 '성실'이라고 생각합니다. 하나님께서는 성실한 사람을 일으켜 세워주십니다. 채윤이는 성실한 아이입니다. 그리고 자기가 한 말은 꼭 지키는 정직한 아이입니다. 채윤이는 하나님을 향한 사랑이 진실합니다. 시인이 언어에 이끌리듯 채윤이는 음악에 이끌려있습니다. 음악을 통해 하나님의 영광을 나타내길 꿈꾸는 채윤이가 참 멋있습니다.

서예린

동성초등학교 4학년 5반

4학년 서예린

1학기 여부회장을 맡은 서예린입니다.

좋아하는 것은 그림 그리기와 만들기이고 싫어하는 것은 공부입니다.

제일 친한 친구는 서현이고 교회에서 가장 친한 친구는 채윤이입니다.

나는 어린이 노동을 반대한다 ✦

오늘 교회에서 노동을 주제로 글을 배웠다. 그래서 오늘은 어린이 노동을 반대하는 글을 쓰려고 한다. 어린이 노동은 크게 2가지가 있는데, 바로 몸으로 일하는 노동과 요새는 컴퓨터로 일하는 노동도 있다. 또 노동은 사람의 시간과 노력이 들어가기 때문에 일생의 문제다. 하지만 어린이들은 공부하고 놀아야 지식과 체력을 쌓을 수 있다.

몸으로 힘들게 하는 노동은 체력을 키워주겠지만 공부를 할 시간이 없고, 컴퓨터로 하는 노동은 지식은 그나마 쌓아 주겠지만 계속 앉아 있으니 체력을 키울 수 없다. 그런 이유로 나는 어린이 노동을 반대한다. 또 원래는 15살 즉 중2가 넘지 않는 어린이는 노동을 할 수 없다. 그런데 세계 각지에서는 아직 15살이 되지 않은 어린이들이 일을 하는 경우도 있다. 그래서 난 더 강한 어린이 노동금지법을 만들어야 한다고 생각한다.

내가 되고 싶은 어른 ✦

나는 커서 이순신 장군처럼 용감한 사람이 되고 싶다. 왜냐하면 이순신 장군은 무예와 글을 두 개다 했고 용감하게 거북선을 타고 왜군을 물리쳤기 때문이다. 그리고 12척의 배로 학 모양을 만들어서 여러 왜군을 물리쳤기 때문이다.

다른 장군이 이순신이 감옥에 있을 때 많은 판옥선과 거북선이 있었지만 전쟁에서 졌다. 전쟁엔 역시 무예만 있어야 하는 게 아니고 머리를 쓰고 생각해야 하기에 역시 이순신 장군이 대단하다고 생각한다. 이런 이유로 난 이순신 장군을 존경하고 닮고 싶다. 난 그래서 이순신 장군의 정의로움과 지혜, 용감함을 본받고 싶다.

내 장점 ✦

난 그림을 잘 그린다. 미술학원에 다녔고 그림 그리기 대회도 나갔다. 만들기도 잘한다. 만들기를 잘하기 위해 종이접기를 열심히 했다. 농구도 잘한다. 아빠한테 패스나 페이크는 물론 슛도 잘 넣는다.

친화력이 좋다. 처음 보는 친구여도 오케이다. 이름, 나이, 학교 등을 물어보며 금방 친해진다. 내 장점이 또 뭐가 있는지 목사님께 물었더니 눈썰미가 좋다고 하셨다. 뭐가 바뀌었는지 잘 안다고 하신다.

* 예린이는 정말 눈썰미가 좋습니다. 안경테나 머리 모양이 바뀌면 바로 말해줍니다. 성격이 활달하고 명랑합니다. 용기가 있고 말을 조리있게 잘해서 자신의 마음을 상대방에게 잘 전달합니다. 예린이는 언제나 밝고 주변 사람들을 잘 챙겨줍니다. 우리는 예수님 안에서 항상 기뻐하며 살아야 합니다. 항상 기뻐하는 예린이는 예수님의 말씀과 하나되는 삶을 살고 있습니다.

임주혁

신암초등학교 4학년 3반

2학년 정유은

제 몸무게는 26kg, 키는 136cm입니다.

저의 꿈은 행복한 사람이 되는 것입니다. 이유는 행복하지 않으면 즐겁지 않기 때문입니다. 글쓰기를 하면서 좋았던 것은 재밌고 즐거웠다는 것입니다. 좋아하는 것은 브롤스타즈, 책입니다. 싫어하는 것은 귀찮은 일입니다. 귀찮은 일이 싫은 이유는 하기 싫기 때문입니다.

글 ✦

글은 어렵다. 그래서 못 쓰겠다. 글은 길게 써야 한다. 그래서 못 쓰겠다. 글은 재미없다. 그래서 못 쓰겠다. 글을 쓰면 팔이 아프다. 그래서 못 쓰겠다. 하지만 써야 한다. 그래서 글을 쓴다. 글은 어렵고, 길게 써야 하고, 재미없고, 쓰면 팔이 아프지만 써야 한다. 그리고 글은 지루하고 귀찮고 힘들지만 써야 한다.

글은 일단 쓰면 재미있다. 하지만 쓰기 전은 지루하고 귀찮고 이런 나쁜 생각만 든다. 그리고 글 쓰는 것 보다 재미있는 게임, 휴대폰만 생각난다. 글을 많이 못 쓰고, 안 쓰는 이유는 여러 가지가 있지만 그중에서 가장 큰 이유는 귀찮기 때문이다. 글이 귀찮은 이유는 너무 오래, 많이 써야 하기 때문이다. 오늘은 10줄만 쓰고 끝내야겠다.

일 ✦

나는 우리 엄마 아빠가 일을 안 했으면 좋겠다. 아빠는 월요일에서 금요일 아침에 나가서 오후에 들어오고, 엄마는 거의 매주 일하고, 나와 동생은 학교, 학원 맨날 가고 그래서 일은 안 했으면 좋겠다. 하지만 일을 해야 될 때도 있다. 엄마 아빠는 돈을 벌어서 살기 위해, 나와 동생은 공부를 해 직업을 얻기 위해서이다.

나는 놀 때는 놀고 일할 때는 일했으면 좋겠다. 365일 다 공부하고 일할 수는 없는 것 같이 365일 다 놀 수는 없다. 그래도 나는 조금씩이라도 놀았으면 좋겠다.

우주 ✦

우주란 무엇일까? 끝도 없이 팽창하는 우주, 많은 별과 행성이 존재하는 우주, 시작과 끝이 있는 우주, 끝이 없는 우주, 여러 가지를 생각해 보았지만 그 질문에 대한 답을 찾을 수 없었다. 옛날 사람들은 지구가 평평하다고 믿었다. 왜일까? 옛날 사람들은 지식과 능력이 부족해서 그럴 수 있다. 하지만 나는 다르게 생각한다.

옛날 사람들은 어쩔 수 없이 믿을 수 있다. 왜냐하면 지구가 둥글다는 사실을 증명할 수 없기 때문이다. 나는 그런 사람들이 '어리석다'라고 생각했다. 하지만 아니게 되었다. 할 수 없는 것은 할 수는 없으니까.

『별난 양반 이선달 표류기』라는 책을 보면 지구가 둥글다는 것을 믿지 못하는 사람들이 있었다. 이선달은 그것을 믿지 못하는 사람을 위해 지구가 둥글다는 사실을 증명해내고야 만다. 나는 이선달을 대단하다고 생각했다. 아무도 믿지 않는 사실을 밝혀내고야 말았으니까. 어쩌면 이 책은 실화일 수도 있다. 증명되지 않은 사실도 수많은 검증을 통해 사실이라는 사실이 밝혀졌기 때문이다. 우주란 끝이 없는 것이다.

모구모구 ✦

모구모구는 맛이 총 4가지가 있다. 리치, 복숭아, 파인애플, 요거트 맛이 있다. 모구모구는 음료수 안에 젤리 알갱이가 들어 있다. 나는 모구모구 4가지 맛 리치, 복숭아, 파인애플, 요거트 중에 파인애플 맛을 제일 좋아한다. 나는 모구모구 4가지 맛 중에 요거트를 제일 싫어한다. 요거트를 싫어하는 이유는 요거트랑 음료수랑 같이 먹는 것이 어색하기 때문이다. 두 번째로 싫어하는 맛은 리치 맛이다. 왜냐하면, 딸기 맛 같아서 맛없기 때문이다.

브롤스타즈-브롤러 ✦

브롤스타즈는 다양한 모드와 캐릭터를 플레이할 수 있는 게임이다. 캐릭터도 등급별로 나뉜다. 먼저, 제일 낮은 등급인 트로피 친척도부터 소개하겠다. 일단, 시작하자마자 얻는 캐릭터는 쉘리이다. '쉘리는 전설이다'라는 말도 있을 정도로 강하다. 하지만 요즘에는 약해졌다. 왜냐하면 많이 세고 강한 캐릭터가 많이 나왔기 때문이다. 또 더 높은 등급도 많이 남았기 때문이다.

이제는 높은 트로피에서 얻을 수 있는 캐릭터부터 알아보자. 10,000점에서 얻을 수 있는 스튜는 공격 2발이 모두 적중하면 궁이 찬다. 궁은 짧은 거리를 이동한다. 궁에 맞은 적은 몇 초간 불타오르면서 데미지를 입는다. 다음은 8,000점에서 얻을 수 있는 엠즈이다. 엠즈는 관통 데미지가 있다. 궁과 평타 모두 관통 데미지가 있다. 엠즈의 일반 공격은 세모 모양의 스프레이를 뿌린다. 궁은 자신의 주변의 적에게 모두 데미지를 주는 원이다. 궁은 벽도 넘을 수 있다. 세 번째, 6,000점에서 얻을 수 있는 8비트는 사정거리가 길어서 멀리 있는 적도 맞출 수 있다. 원래 이런 캐릭터는 체력이 별로 없는데, 8비트는 HP가 비교적 많다. 왜냐하면 이동속도가 느리기 때문이다.

이제는 다음 등급인 희귀 등급을 소개하겠다. 희귀 등급은 총 4명이 있다. 희귀 등급은 캐릭터가 적다. 그래서 모두 소개하겠다. 먼저 엘프리모다. 첫 번째 가젯은 적을 넘기는 가젯이다. 두 번째 가젯은 근처에 있는 적에게 유성유를 날리는 가젯이다. 다음은 로사다. 로사의 스타파워는 '자연이 좋아'와 '가시 글러브'가 있다. '자연이 좋아'는 덤불에 숨으면 초당 200HP를 회복한다. '가시 글러브'는 궁을 쓰면 공격력이 올라가는 스타파워이다. 궁은 자신이 받는 피해를 줄여주는 궁이다. 발리는 투척이다. 투척은 던지는 것이다. 궁도 투척이다. 포코는 자신과 팀원 HP를 회복시켜주는 힐러다.

초희귀는 희귀 다음 등급이다. 대릴을 궁이 저절로 찬다. 다음으로 페니의 궁은 포탑을 소환한다. 포탑은 가장 가까운 적에 불꽃탄을 날린다. 다음, 리코는 공격이 벽에 튕긴다. 궁도 튕긴다. 그다음 영웅 등급은 팸이 있다. 팸은 포코와 같이 힐러다. 다음으로는 나니와 최근에 나온 보니와 그롬이 있다. 나니는 근접에서 때리면 데미지가 세다. 보니는 2가지 모드가 있다. 하나는 대포 모드고, 하나는 사람 모드이다. 그롬은 발리처럼 투척이다. 그롬이 던진 공격은 + 모양으로 퍼진다.

다음 신화 등급인 모티스는 일반공격을 쓰면 쓴 쪽으로 이동한다. 궁은 박쥐떼를 날려 HP를 흡수하는 것이다. 다른 캐릭터인 스프라우트는 내 최애캐(최고로 애정하는 캐릭터)이다. 스프라우트도 발리랑 그롬처럼 투척이다. 다음, 맥스는 탄환이 4칸이다. 맥스만 4칸이다. 궁은 근처에 있는 아군과 자신의 이동속도를 증가시켜 주는 것이다. 또 미스터P라는 다른 브롤러는 궁이 소환술이다. 이번엔 '쉘리는 전설이다'에 나오는 전설등급이다. 전설인 메그는 보니처럼 2가지 모드가 있다. 엠버는 관통 데미지가 있다. 다음 샌디도 전설이다. 궁은 자신과 아군을 숨겨주는 것이다. 또 레온이란 전설의 궁은 자신만 숨겨주는 궁이다.

마지막 등급인 크로마틱의 브롤러는 버스터, 샘, 게일, 서지를 소개하겠다. 버스터의 궁은 공격을 반사하는 것이다. 샘은 궁을 완전히 충전한 채로 시작한다. 게일은 맨 처음 나온 크로마틱이며 궁은 적을 밀쳐 낸다. 마지막, 서지는 변신단계가 있다. 이처럼 브롤스타즈에는 여러 가지 캐릭터가 있다.

* 주혁이는 천재적인 아이입니다. 우주와 법률에 관심이 많습니다. 자기 주관이 뚜렷하고 집중력도 뛰어납니다. 주혁이는 마음만 먹으면 긴 장문의 글도 거침 없이 쓸 수 있습니다. 생각이 깊고 판단력과 실천력도 좋습니다. 주혁이가 앞으로 디트리히 본회퍼와 같은 위대한 인물이 되길 기도합니다. 불의와 맞서 싸우고 하나님의 정의를 실천하는 사람이 될 줄 믿습니다.

채윤서

팔공초등학교 4학년 2반

2학년 정유은

저는 춤추고 노래하고 다른 사람 앞에 나서는 것을 좋아합니다.

그리고 글쓰기나 노래가사 짓기도 좋아합니다.

그래서 저희 엄마는 제가 작가가 되기를 바라십니다.

하지만 저는 아직 꿈을 정하지 못했습니다.

왜냐하면 하고 싶은 것이 너무 많기 때문입니다.

싫룬데 ✦

남자애들은 부탁만 하면 "싫룬데~"라고 한다.

어떤 애들은 말만 꺼내면 "내가 왜~" 이런다.

심지어 선생님한테도 "제가요? 왜요?"

혼날 거 알면서, 친구가 싫어할 거 알면서.

왜 그런 거지? 동생들 따라할 거 알면서,

모른다고 하는데, 진짜 모르는 건지.

남자애들 뭐만 하면 "아, 싫어요!"

내가 싫어하는 애들 다 그런데, 내가 아는 애들 다 그런데

유행어라고 하면서 계속하는 친구들.

내가 이상하다면서, 한 번씩 써줘야 된다면서.

내 친구들도, 여자애들도, 1반 2반 3반 다 그런다.

나는 그런 말이 듣기 싫다.

하지 말라 해도 계속 그런다. 선생님도 힘드실 건데,
나도 듣기 싫다 하는데 여전히 계속할 것 같아.

스마트폰 ✦

애들은 "놀자" 하면 맨날 스마트폰만 한다. 스마트폰은 무엇이든
알려주고, 무엇이든 도와주고, 많은 일을 한다. 하지만 스마트폰 때
문에 많은 것을 잃게 된다. 예를 들면 가족과 말을 안 한다든지, 항
상 게임에 빠져 잠을 안 자든지, 밤늦게 자서 아침 저녁이 바뀌든
지… 난 그런 것이 싫다.

친구와 같이 놀고 싶은데 친구들은 스마트폰만 본다. 난 와이파
이가 안돼서 못 보는데, 스마트폰만 보는 친구들이 너무 얄밉다. 사
람들은 스마트폰 때문에 친구도 잃는다. 나랑 안 놀아주는 친구들,
뭘 할 때마다 보는 스마트폰, 난 그런 스마트폰이 너무 싫다.

하나님 ✦

산, 들, 강, 바다, 인간을 다 만들어주신 하나님
우리에게 예수님을 보내주신 하나님

매일매일 기도드리고, 매일매일 찬양드리고
언제까지나 믿을 수 있는 하나님
내가 외로울 때 언제까지나
내가 기쁠 때 언제까지나
함께해 주시는 하나님, 참 감사드립니다
나의 모든 것은 다른 사람이 아닌 오직 하나님
커서도 하늘나라에 가서도
오직 하나님께 기도

나는 커서 ✦

나는 커서 되고픈 꿈이 너무 많다.
재판을 해주는 판사와 변호사는 공부를 잘 해야 한다.
난 공부는 아닌 것 같다.
나는 커서 디자이너가 되고 싶다.
그것도 cm, mm, 12×5, 이런 수학을 해야 한다.
난 수학은 아닌 것 같다.
나는 커서 캐릭터 디자이너가 되고 싶다.
소질은 있는데 그림은 아닌 것 같다.
나는 커서 경찰도 되고 싶다.
하지만 난 겁이 많다.
나는 작가도 되고 싶고, 목사님도 되고 싶고 일단 백수 빼곤 그나마 괜찮다. 하지만 어릴 때부터 아이돌이 꿈이었다.

아이돌은 끼가 있고, 노래도 잘하고 그러면 된다.

나는 아이돌이 되고 싶다. 이제 춤 연습도 많이 해서 댄스학원을 꼭 가고 싶고 나중에는 아이브처럼 유명 아이돌이 되고 싶다.

민채윤 ✦

민채윤은 내 친구이다.

오늘 민채윤의 모습을 표현해 본다.

오늘 민채윤은 양갈래 머리에 앞머리가 있다.

마스크는 핑크색이다.

티셔츠는 흰색의 빨간색 글씨가 이상하게 써져 있다. 반청바지 입고 있다.

채윤이는 말랐다. 나는 조금…. 음, 모르겠다.

채윤은 나와 차이점이 많다. MBTI는 민채윤은 T고 나는 F다.

채윤이는 앞머리가 있다. 나는 없다. 채윤이는 머리가 짧다. 나는 길다.

채윤은 피부가 뽀얗다. 나는 탔다.

채윤은 쌍꺼풀이 있다. 나는 쌍꺼풀이 없다. 학교도 다르다.

채윤은 글씨가 예쁘다. 나는 못생겼다.

그래도 채윤이는 내 친구다.

* 윤서는 밝고 귀여운 아이입니다. 항상 조용했는데 춤추고 노래하는 것을 좋아한다니 놀라웠습니다. 윤서는 다른 사람 앞에 나서는 것을 좋아한다고 말합니다. 자신의 모습을 있는 그대로 받아들이는 윤서의 생각이 참 성숙해 보입니다. 윤서는 글도 참 잘 씁니다. 뻔하지 않고 항상 개성있고 신선합니다. 남과는 다른 새로운 시각을 가진 윤서는 예술가로서의 자질이 풍부합니다.

5학년

2학년 이예을

김나단

동대구초등학교 5학년 1반

2학년 정유은

안녕하세요? 저는 5학년 1반 2번인 김나단입니다.

제가 좋아하는 것은 합기도, 게임, 유튜브이고,

싫어하는 것은 학폭, 우유, 공부가 있습니다.

제가 가장 잘하는 운동은 합기도입니다.

친구는 진혁이, 영훈이, 준서 등이 있습니다. 저의 꿈은 래퍼입니다.

글쓰기 교실을 하며 가장 좋았던 것은

제가 원하는 주제로 글을 쓸 수 있다는 것입니다.

내 장점 5가지 ✦

1. 나는 합기도를 잘한다. 4년 전 2019년 3월 2일부터 현재까지 부상, 여행을 제외하고 전체 출석했고 2단 앞차기 최고 기록 190cm, 멀리 낙법 최고 기록 8칸(240cm), 높이 낙법(160cm), 공인 1단, 2단 기록을 했다.

2. 나는 축구 중에 CB(중앙 수비수)포지션을 잘한다. 축구부에서 수비를 가장 잘한다. 합기도를 잘하여 발차기로 공을 뺄 수 있고, 압박이 좋아서 그런 것 같다.

3. 나는 급식을 골고루 잘 먹는다.

4. 나는 농구를 잘한다. 대회를 2번 나가서 동상을 받았다.

5. 나는 체력 운동을 잘한다. 올해 윗몸일으키기를 최고 135번 했고, 팔굽혀펴기를 115번 했다.

소드 파이어 시뮬레이터 ✦

이 게임은 로블록스 게임 중 하나로 도시접속자 수는 약 3,000명 정도이고, 총 접속자 수는 아마도 500만 명쯤일 것이다. 이 게임을 하는 방법은 검을 휘둘러서 힘을 채우고, 그 힘으로 괴물들을 죽여 검과 코인을 얻어 코인으로는 펫을 얻거나 업그레이드를 하고, 더 좋은 검을 얻거나 만들어서 몬스터를 죽이고 그것을 계속하는 노동게임이다.

이 게임에서는 펫, 검을 강화시킬 수 있는데, 등급은 일반, 샤이니(신성), 킹가(천상)이 있다. 그리고 검도 등급이 있는데, 등급은 일반, 희귀, 에픽, 레전더리, 신화, 시크릿이 있고, 인첸트도 있는데, 내 생각에 가장 좋은 것은 God이다. 이 게임에 유물도 있는데, 내 생각에는 40층 시크릿, 53층 희귀, 에픽, 신화, 시크릿인 것 같다. 이 게임의 장점은 우물만 있으면 성장이 빠르다는 것이다.

* 나단이는 순수한 아이입니다. 거짓이 없고 정이 많습니다. 남한테 인정받는 것보단 하나님 앞에 진실하게 살아갑니다. 나단이는 진정성을 가지고 게임에 관한 글을 꾸준하게 썼습니다. 게임에 관심이 많기에 사람들에게 게임을 설명해주고 장단점도 썼습니다. 앞으로 기독교적 관점으로 게임을 평론하는 글까지 쓸 수 있는 나단이가 되길 기대합니다.

박상훈

동신초등학교 5학년 4반

5학년 이예음

꿈은 정하지 않았지만 지금부터 정할 것입니다.

글쓰기 교실을 다니니 생각이 많아지는 것 같았습니다.

비닐하우스는 집이 아니다 ✦

이주 노동자를 비닐하우스에 살게 하면 사람도 아니다. 노동자를 어떻게 비닐하우스에 살게 할 생각을 했을까? 그런 생각은 절대 하면 안 된다. 그리고 아무리 멀쩡한 집이라도 한 곳에 3명 넘게 살게 하면 정말 불편할 것이다. 물고기도 어항 조그만데 3마리 넘게 넣으면 스트레스를 받아서 죽는다. 그런데 그렇게 조그만 방에다 사람을 몇 명씩 넣으면 아무리 사람이라도 죽을 것이다.

그렇게 사장이 직원을 구했으면 조금이라도 잘 해 줘야하는데 그렇게 힘들게 하면서 부려먹으니 내가 다 답답하다.

그런데 비닐하우스에서 죽은 사람이 있다. 4년 넘게 일하고 비행기 티켓까지 끊어놨는데 추운 겨울 비닐하우스에서 자다가 하늘나라로 가 버리신 안타까운 사건이 있었다. 건강과 안전을 지킬 수 없는 곳에 4년 넘게 산 게 더 신기하다.

내가 사장이라면 열심히 일해주니 맛있는 것도 많이 사주고 일도 줄여주고 월급도 많이 주고 집도 좋은 데로 줄 것이다.

근데 그런 사장은 돈에 홀려서 사람보다 돈이 더 중요하다고 생각한 것이다. 내가 커서 노동자를 구하면 이보다 훨씬 더 잘해줄 것이다.

시계 ✦

내 시계는 형아가 사라고 해서 사봤는데 참 좋았다. 그런데 자꾸 벽에 박아서 필름이 박살이 났다. 워치에 금이 갔다. 필름도 바꾸려 했다. 필름을 형아가 사준다고 했는데 한 달이 지나도 안 사줬다. 까먹은 거 같다. 13만 원 짜린데 슬프다.

워치엔 좋은 기능이 정말 많다. 홈 버튼을 두 번 빠르게 누르면 원하는 앱을 켤 수도 있고 휴대폰을 꺼내지 않아도 전화를 할 수 있다. 앱을 깔 수도 있고 유튜브도 볼 수 있다. 워치엔 기능이 참 많다. 아빠가 워치5를 생일선물로 가지고 싶어 하신다. 가격이 30만 원이고 내가 가지고 있는 돈이 30만 원인데 사드려야겠다. 그럼 아빠는 기뻐하실 것이다.

「아낌없이 주는 나무」를 읽고서 ✦

나무는 우리한테 많은 걸 주는 것 같다. 없으면 안 되는 공기, 우리한테 맛있는 열매도 주고, 동물들에게는 집도 되어주고 뭐든지 다 내어준다. 그런데도 우리는 공장을 짓는다고 다 베고 강에 오염물질을 버려서 나무가 고통 받고 그런데도 나무는 우리한테 다 내어준다. 다른 사람들은 나무가 우리한테 내어주기만 하는 기계 같은 거라고 생각한다. 그런데 나무도 감정이 있고 우리한테 꼭 필요한 것도 내어 준다. 그러니 우리는 나무를 정성껏 키워야 한다.

책을 보면 나무는 뭐든지 내어주는데도 우리들은 나무를 못살게 군다. 그럼에도 나무는 소년을 계속 좋아한다. 하지만 소년은 나무를 계속 떠나고 필요할 때만 와서 사과와 줄기 등을 다 가지고 갔다. 우리가 앞으로 나무를 사랑하고 베풀어 줘야겠다. 나무를 생각하고 나무를 불쌍히 여겨줘야겠다.

욕심 ✦

사람의 기본적인 욕구가 사치, 욕심이다. 이 둘은 나쁜 것이지만 그걸 이겨낸 사람도 대단하다.

위인이나 위대한 사람들은 자기만을 위한 생각이 아닌 다른 사람들을 위한 생각이 그를 위인으로 만들었다.

그러니까 욕심이나 자기만을 위한 생각을 버리고 다른 사람들을 위하는 생각을 하면 존중받는다. 그런데 사람들을 위한 생각만 하지 않고 자연이나 동물을 위한 생각도 해야 된다. 욕심내서 나무를 다 베면 나무는 없어선 안 되는 존재인데 사람의 욕심 때문에 그걸 다 베면 식물을 먹는 곤충이 죽고 곤충을 먹는 새가 죽고 새를 먹는 또 다른 동물과 이어지고 또 이어져서 결국엔 사람까지 죽을 수 있다.

5학년 이예음

츄파춥스 ✦

어떤 형이 츄파춥스를 줘서 이 글을 쓰게 되었다.

츄파춥스는 맛이 참 다양하다.

궁금한 점도 참 많다.

막대기는 왜 구멍이 뚫려있을까?

막대기는 없어도 되는데 왜 달았을까?

모든 맛이 다 단맛이 날까?

맛이 몇 개가 있을까?

비닐은 왜 잘 안 까질까?

이렇게 궁금한 점이 참 많다.

그리고 왜 이렇게 딱딱할까?

그걸 알고 싶은데 과연 알려줄까?

츄파춥스 로고는 '살바도르 달리'가 그렸다.

탱탱볼 ✨

탱탱볼은 무엇으로 만들어졌는지 참 잘 튄다.

그리고 갈았더니 고무 같은 물질이 나왔다.

던지면 던졌던 위치만큼 다시 튀어 오른다.

그런데 이상하게도 종이나 푹신한 데서는 안 튀고

딱딱한 데에서만 튄다.

그런데 내 생각에는 몸에 안 좋을 것 같다.

왜냐하면 아빠가 늘 안 좋다고 버리기 때문이다.

우리 목사님 ✨

우리 목사님은 참 대단하시다.

시계를 동생이 깨도 화 안 내시고

동생이 아무리 때려도 혼 한번 안 내시고

그래서도 대단하시지만

글쓰기를 잘 가르치시고

예수님에 대해서도 잘 가르쳐 주신다.

맨날 쓰지만 소중함을 느끼지 못하는 것들 ✦

연필, 지우개, 종이, 가방, 컵 말고 또
여러 가지 수많은 물건의 소중함을
느끼지 못하고 당연하다고 생각하면서
이런 물건들을 함부로 쓰는 사람들이 많다.
이렇게 해서 많은 물건들이 버려진다.
물론 버려도 되는 엄청 오래된 물건을 안 버리는
사람도 있지만 그렇게 하는 것은 안 되는 것이다.
물건을 소중하게 생각하면서 쓰고
멀쩡한 것은 버리지 않고 오랫동안 잘 쓰고
안 쓰는 것은 알맞은 때에 버리는 게 맞다.

* 상훈이는 다른 사람의 아픔과 어려움에 대해 생각할 줄 아는 배려심이 깊은 아이입니다. 다른 친구에게 어려움이 있으면 그냥 지나치지 않고 어려운 점을 물어봐 주고 도움을 주려 합니다. 생각도 바르고 정직합니다. 상훈이는 어리지만 모든 이들의 형 같은 듬직함이 있습니다. '안 쓰는 물건은 알맞은 때에 버리는 게 맞다'는 상훈이의 생각에 백번 동감합니다.

정하윤

중앙초등학교 5학년 5반

2학년 이예음

안녕하십니까?

저는 대구중앙초등학교 5학년 정하윤입니다.

제 꿈은 성실하게 생활하는 의사이자 작가이고 요리사이자 미래의 집을 직접 지어서 가족들과 함께 사는 것입니다. 의사가 되어서는 약사인 아빠와 함께할 것이고 시간이 날 때마다 책을 낼 것입니다.

그리고 건축가가 되어서 낭만적 성격인 엄마를 위해 멋진 집을 지을 것이고 주방에는 매일 좋은 음식 향이 나는 평화로운 집을 만들고 싶습니다. 갈 길이 멀지만 성실하게 노력만 한다면 이룰 수 있을 것입니다.

제가 가장 좋아하는 색은 하늘색입니다. 왠지 모르겠지만 넓은 무언가를 품고 있는 느낌이 있어 저를 넓은 마음으로 감싸 안아주는 느낌이 들기 때문입니다. 또 저는 잘 맞는 친구들과 의사소통하는 것을 좋아합니다. 그 이유는 마음이 답답한 상황에서 서로 비밀을 털어놓을 수 있는 상대가 바로 친구 관계이기 때문입니다. 제가 좋아하는 장소는 교회입니다. 학교에서 기도했더니 애들이 놀렸던 경우도 있었지만 교회는 아무도 방해하지도, 놀리지도 않아서 부담 갖지 않고 기도할 수 있었습니다. 그리고 전 도서관도 좋아합니다. 책을 읽을 수도 있지만 떠들지 않고 집중력을 키워주는 안식처가 도서관이었기 때문입니다. 그리고 이번 글쓰기 수업 단원인 논술 단원에서 목사님께 칭찬을 받아서 도서관에서 신문을 더 많이 찾아 읽었습니다.

제가 잘하면서 동시에 좋아하는 것은 바이올린, 피아노, 만들기, 뜨개질 등등 예체능이면 다 좋습니다. 제가 음악 중 바이올린을 좋아하는 이유는 잘

하니까 더 좋아하고 마음을 담아 풍부하게 연주할 수 있기 때문입니다. 제가 만들기를 좋아하는 이유는 손가락을 꼬물꼬물거리면서 완성작을 바라봤을 때 뿌듯하기 때문입니다. 글쓰기도 마찬가지입니다. 완성된 책을 바라봤을 때 뿌듯하기 때문입니다.

마지막으로 뜨개질을 좋아하는 이유는 뿌듯한 것은 마찬가지고 제가 따뜻한 것을 좋아하기 때문입니다. 겨울에 따뜻한 목걸이를 걸치고 있으면 얼마나 기분이 좋은데요. 마찬가지로 저의 글을 통해 당신의 마음을 겨울의 목도리처럼 따뜻하게 해드리겠습니다.

사랑이란? ✦

제목을 보고 비웃는 사람도 있을 것입니다. 고작 4학년이라는 것이라는 이유로 말입니다. 하지만 그렇지만은 않습니다. 그런 비웃음도 헛된 것이고요. 지금으로부터 1년 전에, 그러니까 3학년 때, 자랑으로 들릴지도 모르겠지만 저는 항상 고백을 받아 왔습니다. 하지만 항상 거절했지요. 왜냐하면 잘못된 것이라고 생각해 왔으니까요. 그것을 하려면 아직 멀었다고 생각했어요.

그렇게 항상 냉정하게 거절하다 보니 문득 생각이 들었어요. 이런 행동을 하면 친구가 좋아할까? 물론 여자 친구들은 부러워했지만 거절당한 친구는 항상 고개를 숙이고 다녔죠. 저는 그럴 생각은 아니었어요. 또 그런 생각을 하니 마음이 아파졌어요. 다시는 고백을 받고 싶지 않았지요. 그리고 나서 4학년이 될 때까진 고백을 받지 않았어요. 하지만 얼마 전에 고백을 받았어요. 마음 같아서는 거절하고 싶지만 어떻게 해야 할지 모르겠어요. 원래 좋아하는 것은 속상한 일인가요? 누가 길을 알려줬으면 좋겠어요.

모든 길은 하나님께로 ✦

전 얼마 전에 어떠한 글을 읽었습니다. 환경을 지키기 위해서는 전쟁을 하지 않도록 막아야 한다고 합니다. 하지만 아시다시피 저는 어린이입니다. 우리 대한민국 남한이 전쟁을 하지 않으려면 대통령이 시민의 목소리에 귀 기울여야 합니다.

그런 대통령이 있긴 하지만 그렇지 않은 경우도 있습니다. 예를 들어 러시아의 '푸틴'이라는 대통령이 시민의 목소리에 귀 기울였다면 전쟁이 일어나지 않았을 겁니다. 그래서 생각해 보았습니다. 환경오염도, 전쟁도 막을 방법을 생각해 보았습니다.

제가 곰곰이 생각해 본 결과, 방법은 하나밖에 없다는 것을 알았습니다. 의외로 간단합니다. 이 세상을 창조하신 분이 누구신지는 알

고 계시겠죠? 하나님께서 이 세상을 창조하셨어요. 그럼 간단하지
요? 하나님께 평화가 오길 기도하시면 돼요. 제 말은 전쟁을 막기 위
해서 시민들의 목소리도 중요하지만, 그 시민들의 목소리를 퍼뜨려주
실 분이 하나님이시라는 거예요. 전쟁과 환경뿐만이 아니라 모든 것
은 하나님께서 다 이뤄 주셔요. 모든 길이 다 하나님의 길로 통하길
바라겠습니다. 아멘.

2학년 임주하

『13층 나무집』 ✦

여러분은 『13층 나무집』을 아시나요? 제가 1학년 때 읽었던 유일한 시리즈입니다. 앤디와 테리라는 아이들이 만들어 내는 아주 비현실적인 상상동화 시리즈입니다. 예를 들어서 하늘을 나는 고양이를 타고 날아다니기도 합니다. 여러분은 상상이 지어낸 거짓이라고 생각할 수 있습니다. 하지만 저는 그 의견의 반대입니다.

내용을 간략하게 설명하자면, 앤디와 테리가 떠돌아다니다가 우연으로 둘이 만나서 힘을 합쳐 13층 나무집을 짓습니다. 그리고 온갖 장난을 치고 모험을 합니다. 고양이에 노란색 페인트를 칠하여 하늘을 나는 고양이 카나리아를 만들고, 말처럼 타고 다니거나 상어와 헤엄을 치거나 곰과 대화를 나누고 신비한 모험이 끝난 후, 이 내용을 책에 담은 후 큰코 사장님의 출판사로 보내면 한 이야기가 끝나고 다음 권 『26층 나무집』이 나오면 또 13층을 쌓고 또 쌓고, 하여 지금까진 『130층 나무집』까지 나왔습니다. 모두 다 현실에서는 절대로 일어날 수 없는 현상입니다.

그런데 왜 이런 내용을 좋아하는지 아시나요? 바로 불가능이 없는 가상세계이기 때문이었어요. 저는 이때까지 하늘을 나는 고양이도 타지 못했고 상어와 수영도 못 했었고, 곰과 대화도 나눈 적이 없었어요. 하지만 언젠가 해보고 싶었어요. 그런데 4학년이 되면서 주위의 목소리가 속삭였어요. "그런 건 불가능해." 그래서 저는 더 소설에 빠져들었고 커서도 그런 상상의 세계를 쓰고 싶어요. 그리고 새 학기가 거의 끝나갈 때 결심했어요. 앞으로 커서도 시간이 날 때마다 글을 쓰기로요. 또 깨달았어요. 책이 미래를 밝혀 준다고⋯. 그래서 어른들이 책을 보라고 하는 것 같아요.

죽음이란? ✦

전 얼마 전에 죽음을 경험해 보았습니다. 물론 죽어 봤다는 것이 아닙니다. 저는 정확히 2일 전에 첫 죽음을 경험해 보고 그에 이어서 두 번째 죽음까지 겪어 보았습니다. 이 죽음들은 누가 보았을 때 우습게 보일 수 있겠지만 저로서는 도저히 감당할 수 없는 첫 고통, 첫 죽음을 목격하고 보았습니다.

저는 3주 전 학교 방과 후인 과학 탐구 실험에서 '제브라다니오'(물고기) 두 마리를 데려왔습니다. 인터넷에 찾아보니 평균 수명이 3~5년 이라고 하더군요. 그래서 저는 엄마와 약속을 하나 했습니다. 제가 물고기를 1년을 키우면 햄스터를 데리고 오기로⋯. 전 첫 동물, 물고기가 우리 집에 오자 너무나도 기뻐서 최대한 정성스럽게 열심히 키웠습니다. 제 동생 소윤이도 쉽게 접근하지 못했습니다. 그렇게 자신만만하게 키웠는데 어느 날, 제가 환수날짜를 놓쳤습니다. 환수날짜가 지난 지 3일 정도 됐었는데 갑자기 물고기 한 마리가 비실비실해졌습니다. 그때서야 '아차!'하고 물갈이를 해주었습니다. 하지만 너무 늦었었나 봅니다. 난 바보 같은 짓을 후회하며 펑펑 울었습니다.

앞으로는 그런 짓하지 않겠다고 했지만 다음 날, 나머지 물고기가 죽어있었습니다. 난 한참을 멍한 표정을 짓고 있었습니다. 그리고 작별 인사를 해주었습니다. "잘 가…너의 세상으로" 그리고는 바질 화분에 토닥토닥 심어주었습니다. 날 언제나 행복하게 해준 물고기들아, 너희들을 잊지 못할거야. 그리고는 생각했습니다. 다시 한번 더 죽음을 경험한다면 난 어떻게 해야 할까?

「두꺼비」를 읽고 ✦

저는 글쓰기 교실에서 「두꺼비」를 읽었습니다. 제가 이 글을 쓰는 이유는 우리 지금의 현대인들과 비교할 수 있기 때문입니다. 그리고 구체적으로 이야기를 설명하기 전에 등장 인물을 소개하자면 두꺼비와 수탉이 등장합니다. 여러분들은 '두꺼비'라는 말을 들으면 어떤 이미지를 떠올리시나요? 보통 쭈글쭈글 못생겼다고 할 것인데요. 이 이야기에서만은 마음이 하나님만을 바라보는 멋진 동물입니다.

어떤 오솔길을 지나가고 있었는데 멋진 수탉 한 마리를 만났습니다. 그때 수탉이 먼저 다가와서 말을 걸어 주었습니다.

"두껍아, 못생긴 너의 외모 때문에 아무도 너와 친구가 되려고 하지 않구나. 나는 멋지고 잘 생겨서 모두 나와 친구가 되고 싶어 해. 하지만 그것은 귀찮은 일이야. 친구란 마음이 맞아야 된다는 걸 알고 있거든."

둘은 둑길을 걸었습니다. 수탉은 길가에 떨어져 있는 먹이를 먹기 위해 아래만 바라보았습니다.

반면 두꺼비는 푸른 하늘만 바라보았지요. 그러다 갑자기 두꺼비가 수탉을 향해 말했습니다.

"잘생긴 친구와 걷는 건 좋지만, 땅만 바라보며 먹을 것만 찾는 너와는 사랑하는 친구가 될 수 없어. 먹을 것이란 하루 세 끼 필요한 양식만 있으면 그만이야."

그리고 나선 두꺼비는 뒤돌아보지 않고 성큼성큼 앞으로 나아갔습니다.

전 하나님만 바라보는 두꺼비의 마음이 반가웠습니다. 수탉은 현대인과 같이 돈을 목표로 두는 욕심만 쫓아가는 욕망을 상징했습니다. 하지만 두꺼비는 욕심을 모두 버리고 하나님만을 쫓아가는 멋진 행동을 보여 주었습니다. 앞으로 저도 두꺼비와 같은 삶을 살 것입니다. 현대인이지만 현대인들의 욕망을 버리고 하나님만을 바라보고 따라가는 하나님의 자녀, 하나님의 사람이 될 것입니다.

* 하윤이의 글과 삶은 하나입니다. 하윤이가 쓴 작품들은 다 살아 숨 쉬고 생명력이 있습니다. 「사랑이란」에서 나온 솔직한 자신의 이야기는 읽는 사람에게 웃음과 감동을 줍니다. 사람들이 글쓰기를 어려워하는 이유 중의 하나는 솔직하지 못해서입니다. 하윤이처럼 아무 꾸밈없이, 그리고 진정성 있는 태도로 글을 쓴다면 누구라도 사람들의 가슴을 울릴 수 있게 될 것입니다.

6학년

2학년 이예을

김소단

동대구초등학교 6학년 2반

5학년 이예음

2011년 1월 31일 내가 즉 김소단이 태어났다.

지금은 12살 5학년이고 많은 사람들이 김소담으로 오해를 하곤 하는데 소담이 아니라 김소단이다. 이름을 들으면 알겠듯이 여자이고 대구에 있는 비슬초에서 동대구초로 작년에 전학을 오게 되었다.

나는 악기를 다루는 게 취미는 아니지만 꽤 좋아한다. 바이올린은 빼고 지금까지 피아노, 플룻, 클래식 기타, 바이올린도 배우긴 했는데, 특이하게 이 애만 정말 싫어한다(플룻이랑 클래식 기타는 아직 잘 못함). 학교에서는 단소랑 리코더를 배웠는데 바이올린 빼고 다 좋아했다.

취미는 딱히 없지만 운동은 좋아한다. 특히 배드민턴이랑 달리기를 좋아하는데 올해 배드민턴(우리학교) 대회에 대표로 나갈 수 있었는데, 베트남 여행 때문에 겹쳐서 못 나갔다. 내가 좋아하는 과목 3개는 먼저 체육! 책으로 공부도 안 하고 아까 말했듯이 운동을 좋아해서 1등이다. 2등은 사회. 솔직히 4학년, 5학년 1학기까지는 제일 재미 없어 했는데 이번 2학기 때 역사를 왕창 배우면서 좋아졌다. 3등은 미술. 미술도 마찬가지로 수행평가가 아니면 미술 교과서를 안 쓰는데 그게 너무 좋다. 그리고 보통 미술을 하면 마커(두꺼운 사인펜 같은 느낌인데 색칠하면 정말 깔끔해 보인다)로 색칠을 하는데 그러면 되게 편안해진다고 해야 하나? 아무튼 그거 때문에 좋아한다.

내가 좋아하는 음식은 면류랑 해산물이다. 이유는 딱히 없고 내가 싫어하는 음식은 콩이다(그래도 학교에 나오면 다 먹음). 당연히 콩밥은 완전 싫어한다. 근데 특이하게 우리 동생은 콩이 제일 좋다고 한다. 내 키는 160cm

였으면 좋겠지만 155이다. 그래도 행복한 게 작년보다 10cm 더 컸다. 몸무게는 40~41kg정도인데 코로나 걸렸을 때 3kg 빠져서 36kg를 찍었고 2달 뒤까지 잘 유지하다가 여름방학 때 3kg 더 찌고 밥 많이 먹다가 또 거의 2kg 쪘다. 그리고 난 다음 주에 국·수·사·과·영 시험을 친다고 하는데 잘못 칠까봐 걱정이다. 그거 말고는 6학년 때 사회가 어렵고, PPT 만드는 게 어려울까 봐 걱정 중이다. 어떤 언니가 6학년 때 수행평가도 엄청 많다고 해서 걱정 중이다.

반대로 기다리는 것은 겨!울!방!학! 5학년이 끝이 나서 아쉽긴 하지만 그래도 시험도 안 치고 일찍 일어날 필요도 없고 내가 인간관계에 스트레스를 많이 받는 편이고, 그 인간관계에 80%는 학교에서 받는데 이제 스트레스를 받는 일도 거의 없을 테고 너무 좋을 것 같다. 내가 좋아하는 색깔은 하늘색이다. 왜냐하면 하늘색하면 푸른색이 떠오르기 때문이다. 내가 이사 왔다고 말했는데 이사 와서 좋은 점은 동대구역이 코앞에 있고, 거기는 지하철 타려면 버스도 타고 지하철도 타야 하는데 여기는 걸어서 가면 바로 있다.

모든 게 이 근처에 있고 해서 차 타고 조금만 가면 교회, 할머니, 외할아버지댁이 있다. 또 좋은 건 5학년이 적어서 친구가 같은 반에 걸릴 확률이 높다. 단점은 9년 지기 친구가 거기에 있고 거의 모든 친구가 그 동네에서 살고 있다. 또 공사 소리가 너무 시끄럽고 곧 있으면 아파트 때문에 해, 산 같은 게 안 보일 거다. 또 내 방이 더 커지긴 했지만 그 동네 집이 지금 집 거실보다 더 크다.

마지막은 내가 제일 싫어하는 이유…. 바로 사진 찍는 곳이랑(인생네컷) 문방구 그런 게 없다. 그래서 항상 불만을 가지고 있다. 아무튼 이 글쓰기 수업을 하면서 원래 글쓰기에 흥미가 있었지만 더 관심과 새로운 글쓰기의 형식과 주제들로 쓸 수 있었다는 게 좋은 것 같았고, 또 우리가 쓴 글을 책으로 내는 게 쉽지 않은데 이렇게 기회가 되어 목사님께 감사하고 새로운 추억과 경험을 만든 것 같아 너무 좋았다! 그럼 2023년에도 더 열심히 쓰겠다.

장래희망 ✦

난 아직 꿈이 없어. 직업 같은 거 말이야. 뭐 못 정한 사람들은 알겠지만 '장래희망'이란 말이 생각보다 짜증나. 이 말을 꺼낸 김에 이게 얼마나 짜증나는지 알려줄게.

먼저 제일 짜증나게 하는 곳은 학교! 잘 모르겠다고? 한번 생각해봐. 일단은 새 학년이 되었을 때 기본으로 하는 게 자기 소개하는 거잖아. 그럼 항상 장래희망을 써야 해. 난 없는데 말이야. 그럼 또 안 쓰잖아, 그럼 또 혼나. 그래서 결국 하고 싶지도 않은 장래희망을 꾸며 써야 해. 그거 이외에도 국어, 도덕, 미술 등 쉴 새 없이 계속 나와. 그거 알아? 나 이틀 전에도 국어에서 또 꿈 어쩌고저쩌고 나와서 하고 싶지 않은 일 적고 이거 참…. 이럴 때마다 항상 '개선 좀 했으면….' 이런 생각이 들곤 해.

안 그래도 학교 때문에 압박감 느끼는데 주변 사람이 "꿈이 뭐야?" 하고 묻잖아? 그럼 할 말이 없어. 그래서 없다고 하면 넘어가면 다행인데 진짜 가끔 "그럼 빨리 정해. 너도 5학년이잖아" 이 말을 하는 사람들이 좀 있거든. 그럼 그냥 끝이라고 생각하면 돼(8년이나 남았는데…).

겪어 보지 않은 이상 아마 잘 이해를 못 할 거야. 그래서 내가 꼭 하고 싶은 말은 장래희망을 묻는 것까지는 괜찮은데 제발 '그럼 빨리 정해' 이 말은 절대 하지마. 친구, 자식 등 주변 사람들에게 말이야. 나는 이걸 읽는 너를 꼭 믿을게. 여기까지 장래희망에 대한 내 이야기였어. 그럼 안녕.

「아낌없이 주는 나무」를 읽고 ✦

이번에 내가 하는 글쓰기 수업에서 읽을 글로 「아낌없이 주는 나무」가 나왔다. 사실 너무 어릴 때 읽고 못 읽어서 기억도 가물가물했다. 아무튼 알다시피 이 책의 내용은 한 소년과 나무가 있는데 어릴 때는 잘 놀았지만 점점 크면서 소년은 나무에게 요구만 하고 나무는 아낌없이 소년에게 자신의 일부를 행복하게 준다. 난 나뭇가지랑 나무통, 이걸 내어줄 때 많이 인상 깊었다. 사과까지는 나도 줄 수는 있었을 텐데 나뭇가지는 내 손과 마찬가진데 요구만 하는 이 소년에게 어떻게 주지? 나무통도 몸과 다름 없는데…. 소년은 그걸 어떻게 벨 수 있었을까? 일반 나무도 아니고 친구 같은 나무에게.

이 글을 읽으면서 나는 항상 받는 게 행복이라고 생각했는데, 내가 소중하게 여기고 고마워하는 사람에게 무언가를 주면 정말로 행복할까? 아니면 나의 생각을 바꾸면 행복할까? 고민하기도 했다. 그리고 항상 우리에게 무언가를 주시는 하나님께서는 과연 무언가를 주실 때 항상 행복하기만 하실까? 궁금하기도 했고 나도 무언가를 하나님께서 주실 때 행복하게, 그리고 감사하게 항상 생각해야겠다고 다짐했다. 이 책은 나에게 행복은 어떤 건지 생각하게 하는 기회가 될 수가 있어서 좋았고 나도 남들에게 행복을 주는 사람이 되고 싶었다.

「벌거벗은 임금님」을 읽고 ✦

이번 글쓰기에서 엄청나게 유명한 동화 「벌거벗은 임금님」을 읽게 되었다. 되게 유명한 이야기지만 새로 배운다는 생각으로 읽었다. 다들 알겠지만 짧게 이 이야기를 요약하자면 사기꾼들이 이 세상에서 제일 아름답고 멋진 옷을 만들 수 있다고 자랑하자 임금님은 그 옷을 만들어 달라고 했다. 마음이 착한 사람만 보인다고 허풍을 떨고 옷감을 만들어 나갔다. 임금님은 호기심이 생겨 작업장에 가보니 옷이 자신 눈에는 보이지 않았다. 옷을 다 만든 다음에는 보일 거라 생각했지만 완성한 후에도 임금님과 고관대작의 눈에는 여전히 보이지 않았다. 하지만 아무도 말을 할 수 없었다. 착한 사람 눈엔 보이고 나쁜 사람 눈엔 안 보인다고 옷 만드는 사람이 거짓말을 했기 때문이다. 혼자만 나쁜 마음을 가진 사람이 될 수 없어, 존재도 하지 않은 옷을 입고 있으니 결국엔 벌거벗을 수밖에 없었는데 어떤 아이가 "임금님이 벌거벗었네!"라고 소리쳤다. 아쉽게도 마무리는 잘 모르겠다.

아무튼 나는 임금이 행차를 하는 날, 그 부분부터 인상이 깊었던 것 같다. 솔직히 내가 임금이어도 입기 싫었을 것 같긴 하지만 그래도 이걸 안 입으면 그때의 임금처럼 나만 나쁜 사람이 될까 봐 걱정할 것 같긴 했다. 근데 그래도 백성보다 옷을 더 중요하게 여기는 사람이면 입기 싫다고 뭐라 할 성격 같은데, 그렇지 않았다니 신기하기도 하고 어이도 없었다. 그리고 답답했다. 거기에 백성들과 고관대작도 마찬가지다. 어린 아이만 있는 것을 있는 대로, 없는 것을 없는 대로 말했는데 나는 그런 걸 잘 못한다. 그래서 어린아이를 닮고 싶다. 이 글은 내가 어릴 때 읽고 내용을 다 아니까 재미없어서 잘 읽지 않았는데, 이렇게 읽게 되니 또 달랐고 한 인물의 장점을 본받는 기회가 돼 좋았던 것 같다.

베트남 ✦

우리 가족은 7박 8일로 베트남에 가족여행 갔다. 사실 이 여행 때문에 현장체험학습도 못하고 배드민턴 대회도 못 나가서 가기 싫기도 했지만 오랜만에 해외를 간다니 싫기보다는 기대에 차올랐던 거 같다. 왜냐하면 저번에 간 곳이 너무 좋았기 때문에 그런 것 같다. 그래서 비행기에서 베트남에 관한 책도 읽고 했는데 그때까지는 사진도 예쁘고 베트남에 관해 단점도 소매치기 말고는 딱히 안 적혀 있었다. 하지만 내가 생각했던 베트남은 전혀 볼 수 없었다.

먼저 내가 생각한 베트남은 길거리에 있는 불 켜진 가게들이 있는 건데 수많은 오토바이 때문에 가려서 아무것도 볼 수 없을 만큼 많았다. 근데 오토바이는 도로에 넘칠 듯 많은데, 신호등은 거의 작동이 되지 않았고 작동이 되더라도 멈추는 오토바이는 우리나라처럼 그렇게 많지 않았다. 그래서 항상 신호를 건널 때 너무 무서웠다. 난 건널 때 너무 무서워서 소리치고 건넜다.

시장도 갔는데 걸을 때마다 계속 말을 걸고 "이거 사세요"라고 해서 너무 짜증나고 그런 베트남이 너무 무서웠다. 게다가 어떤 가게들은 사기를 쳤다. 그리고 음식은 어찌나 맛이 없던지 첫날에 분짜를 먹었는데 고수 맛도 나고, 국물에 미트볼이 들어간 그런 음식도 먹고, 반미에 고수 맛이 나질 않나, 라이스페이퍼에 된장이랑 야채랑 미트볼을 싸서 먹질 않나, 한국 와서 1kg 빠졌다. 그래도 바나힐 놀이동산에 가고 그 이후에는 수영도 하고 쌀국수도 먹어서 좋았다. 베트남에 절대로 가고 싶지 않다.

<아바타 2> 보러 간 날 ✦

지난주 토요일 우리 가족들은 <아바타 2>를 보러 갔다. <아바타 1>이 재밌었는지도 모르겠지만 분명한 건 기대는 하나도 하지 않고 그냥 갔다. 아니 오히려 가기 싫었다. 왜냐하면 3시간짜리였기 때문이다. 또 영화 보는 것을 별로 안 좋아한다. 아무튼 영화관에 도착했다. 어떻게 꾸역꾸역 오긴 했는데 또 낮이면 기분 좋은 마음으로 왔을 수도 있는데 하필 아침 8:30 타임이라 진짜 싫고 피곤했다. 안 그래도 피곤한데 영화가 안 나오고 광고가 오래 나와서 기분이 나쁠 때 영화가 나오기 시작했다.

중간 중간 시계를 계속 보곤 했는데 왜냐하면 너무 재밌었기 때문이다. 집중해서 보다 보니까 내가 영화를 본 게 아니라, 주인공들이랑 같이 있는 느낌이 들었다. 그러다 보니 사람들이 총 쏘고 그런 게 있는데, 그때 주인공들이 죽고 다칠까봐 무서웠다. 가족 중 1명이 죽는데 죽을 때도 소리 없이 울려고 노력했다.

보면서 '아 왜 이런 영화는 집에서 보면 안 되는지'를 느꼈다. 또 떼쓰면서 가기 싫다고 하고, 뭐 짱구 같은 영화를 본 게 머리에 스쳐 가면서 후회가 되었다. 2024년에 <아바타 3>가 나온다고 하던데 그때는 가기 싫다고 안 그러고 내가 가고 싶다고 말하기로 스스로 약속했다.

편지 ✦

오늘 난 5학년 선생님께 편지를 쓸 것이다. 어제 종업식을 했는데 편지를 못 써서 그게 뭔가 마음에 걸려 이렇게 편지를 쓴다.

TO. 이**, 제일 예쁘신 선생님께.

안녕하세요? 저 선생님 제자 소단이에요. 어제 종업식도 하고 해서 이렇게 편지를 쓰게 되었어요. 먼저 항상 감사해요. 제가 한참 ㄱㄴㅁ(이름초성) 때문에 좀 많이 힘들었어요. 계속 쓸데도 없는 정말 사소한 일들로도 저한테 짜증 내고, 말도 안 되는 내용으로 같이 다니자고 하고, 이미 한번 싸워봐서 그 애가 같이 다니기엔 안 좋다는 걸 알았음에도 불구하고 그러면 또 저를 더 괴롭힐까봐 무서워서 아무 대응도 못하고 계속 그 애한테 불려갔는데, 선생님께 아무 말도 안 했는데 진짜 너무 잘 해결해 주시고 그 이후로는 저한테 뭐라고 하지도 않고 오히려 더 잘 지냈는데 그게 너무 감사합니다!

중간중간 재밌는 농담도 하시면서 수업해 주시니 재밌기도 했고, 이야기도 해주셨을 때 공감되는 부분도 있고 해서 저는 이때까지 뵌 선생님들 가운데 선생님이 제일 편했던 것 같아요! 수업도 올해 수업이 제일 재밌었고요! 5학년이 되게 힘들고 어려운 줄 알았는데 생각보다 재밌었고 저희를 위한

시험 또 요점정리 책 등이 감사했습니다. 항상 감사하게 생각
하고 있고, 스승의 날 꼭 친구들과 찾아갈게요. 그리고 무서
운 쌤이라고 계속 하셨는데 첫날 빼고 하나도 안 무서웠어
요. 아! 그리고 25살(?) 축하해요.

3학년 육서영

내가 되고 싶은 어른 ✦

너희들은 어떤 어른이 되고 싶어? 직업 말고. 그래서 오늘은 내가 되고 싶은 어른에 대해 소개할게. 먼저 나는 남이 하는 말에 크게 상처받지 않는 그런 어른이 되고 싶어. 지금 보면 딱 내가 말 한마디에 상처받는 것 같아. 상처도 받지만 솔직히 짜증나고 기분 나쁜 그런 상황도 있는데, 나는 지금 말을 아예 못 하거든. 근데 미래의 나는 그런 말도 할 수 있고 말에 상처받지 않는 그런 당당한 어른이 되고 싶어.

다음은 남을 배려하고 봉사하는 사람이 되고 싶어. 배려는 그래도 밖에서는 실천을 하는데 집에서는 안 하고 있어. 봉사는 잘 모르겠어. 근데 6학년 선생님을 만난 이후로 선생님의 영향을 받아 작은 것이라도 하려고 노력 중이야. 예를 들어 손 씻기, 밖에 떨어진 휴지 줍기, 휴지통 버리기, 작은 쓰레기 줍기 이런 거. 그래서 내 이익도 중요하지만 남도 생각하는 그런 어른이 되고 싶어.

마지막으로는 긍정적인 어른이 되고 싶어. 내가 어릴 때 엄마한테 "넌 너무 부정적이야"라는 이야기를 꽤 들었는데 지금은 그래도 긍정적으로 생활하려고 노력해서 뭐 실수만 하면 "그럴 수 있어" 그러는데 앞으로도 계속 긍정적으로 생활해 긍정적인 어른이 되고 싶어. 여기까지 내가 되고 싶은 어른을 소개했어. 그럼 너희는 어떤 멋진 어른이 되고 싶니?

사소한 것 중 나를 행복하게 하는 것 ✦

너희는 사소한 행복이 있어? 사소하지만 뭔가 기분 좋은 그런 것들. 그래서 오늘은 글쓰기 주제가 우리를 행복하게 하는 것이야. 나를 행복하게 하는 사소한 일들 몇 가지를 소개하려고 해.

먼저 나는 택배가 왔을 때 가져오고 뜯는 걸 좋아해. 내 거든 다른 사람(가족) 거든, 그냥 뭔지 알아도 몰라도 뜯는 그 느낌이 좋아. 그리고 박스를 뜯고 또 안에 포장을 뜯는 것도 말이야. 그리고 뭔지 모르는 물건은 뭐가 안에 들어있을지도 되게 궁금하기도 해. 아! 또 그게 대부분은 새 거잖아. 그래서 책 같은 건 펼쳐보고 물건이면 써보고 해. 그래서 좋아. 우편물 들고 오는 것도 좋아하고.

최근에 좋아졌는데 멍 때리는 것도 좋아해. 요즘 친구에 대해 엄청 스트레스도 많이 받고 한단 말이야. 근데 멍을 때리니까 아무 생각도 안 들고 편안하더라. 그래서 이것도 나를 행복하게 하는 것 같아.

장점 ✦

너의 장점을 자주 생각해봤어? 음…. 난 자주 생각을 안 하거든. 이렇게 주제가 있을 때, 그럴 때만 생각해. 오늘은 주제가 있으니 한

번 적어보도록 할게. 첫 번째, 악기를 좀 잘 다루는 것 같아. 활 쓰는 현악기 빼고. 내가 느끼는 건 아닌데 플룻도 완전히 잘 불진 않지만 1년 전보다 실력이 많이 는 것 같아. 학교에서 클래식 기타도 하는데 다른 친구들에 비해 좀 더 소리가 잘나는 것 같아. 리코더 소리도 잘 나고. 근데 이게 다 피아노 덕분인 것 같거든. 왜냐하면 이것 덕분에 계이름도 알고 음악 상식도 알게 되었지.

두 번째는 운동을 조금 잘하는 것 같아. 재작년이랑 작년에 둘 다 육상대회 후보에 들어갔지만 대회는 못 나갔어. 배드민턴으로 스포츠클럽 대회에도 나갈 예정이야. 체육 시간에 열심히 하니 이렇게까지 할 수 있었던 것 같아.

세 번째는 그나마 말하자면 글쓰기야. 국어를 잘하지는 못하지만 좋아해. 이렇게 될 수 있었던 것은 책 읽는 습관을 길러주신 글쓰기 교실 선생님 덕분이야. 글쓰기 교실을 운영하시는 목사님께서 항상 글 한 편을 쓰게 하시는데 처음엔 별로 안 하고 싶었지만 이게 하다 보니 나랑 맞았던 것 같아.

네 번째는 열심히 노력하는 게 내 장점 같아. 그러다 보니 여기에 있는 모든 것을 잘 할 수 있었던 것 같아.

* 소단이는 집중해서 글을 씁니다. 글도 섬세하고 구체적입니다. 성실해서 글쓰기 교실도 빠지지 않고 나옵니다. 소단이는 남을 배려할 줄 아는 아이입니다. 소단이의 글을 읽으면 참 재미있고 흥미진진합니다. 자신의 생각과 삶을 솔직하게 썼기 때문이라고 생각합니다. 두 명의 동생을 아껴주고 잘 챙겨주는 소단이는 참 좋은 언니이며 누나입니다. 그리고 우리들의 좋은 친구입니다.

박상현

동신초등학교 6학년 2반

5학년 이예음

제가 좋아하는 음식은 치킨이고 저의 취미는 레고 만들기입니다.

장래희망은 아직 정하는 중입니다.

글쓰기 교실을 하면서 평소에 제가 글을 잘 안 쓰는데 글을 쓰니까 뭔가를 계속해서 하고 싶은 마음이 들었습니다.

저는 대구신광교회를 다니며 하나님을 믿습니다.

저는 또 하나님 나라가 있고 하나님은 우리의 죄도 용서해주시는 것 같습니다. 하나님은 우리를 이해해 주시는 분 같습니다.

이어폰 ✦

귀에 넣어서 휴대폰으로 음악을 틀어 그 음악이 자신의 귀에만 들리게 한다. 또 선이 없고 그냥 무선이라서 어떤 물건에 걸리는 일이 발생하지 않는다. 하지만 선이 없기 때문에 만약에 이어폰 하나가 빠져버리면 그냥 포기해야 한다.

이어폰은 쉽게 빠지기 때문에 잘못하면 이어폰 하나를 잃어버릴 수도 있다. 이어폰은 때로는 귀에 나쁜 영향을 준다. 이어폰을 계속 사용하면 소리를 잘 듣지 못하고 또 이어폰을 잘 청소하지 않으면 이어폰에 있던 세균이 귓속으로 들어가 질병을 일으킬 수 있다.

다른 친구의 이어폰을 빌려서 같이 음악을 들으면 안 된다. 왜냐면 친구 세균이 나한테 감염될 수 있으니까. 절대로 친구 이어폰을 내 귀에 꽂으면 안 된다. 이어폰은 나만의 시간을 갖고 싶을 때 나만 좋아하는 음악을 듣고 싶을 때 하면 될 것 같다.

하나님과 예수님 ✦

하나님은 왜 교회에 우릴 만나러 오실까? 하나님은 왜 일요일에 오실까? 우리는 교회에 왜 가야 할까? 그리고 하나님과 예수님은 어떤 분이실까? 예수님도 하나님이랑 같은 빛이실까? 그리고 예수님도 하나님과 같은 요일에 오실까? 예수님도 하나님과 같은 곳에 있을까? 그리고 예수님과 하나님은 왜 십자가일까? 하나님과 예수님 둘 다 어디에 계실까? 그리고 천국은 어떻게 해야지만 갈 수 있을까?

「아낌없이 주는 나무」 ✦

아낌없이 주는 나무는 그 소년에게 아낌없이 모든 것을 준다. 왜 그 소년에게만 자신의 모든 것을 줄까? 근데 꼭 아낌없이 주는 나무는 하나님 같고 소년은 우리 같다. 작가는 왜 이 책을 썼을까? 아낌없이 주는 나무는 왜 항상 소년을 기다리고 있었을까? 소년은 왜 자꾸 나무에게 있는 것을 가져갔을까? 나무는 소년이 가지를 자를 때 고통을 느끼지 않았나? 나무는 마지막까지 소년에게 자신의 몸을 내

주었다. 정말 그 나무는 하나님이었을까? 그리고 소년은 마지막까지 나무랑 같이 있었을까?

하나님 ✦

하나님은 우리가 무언가를 잘못했어도 우리를 용서해주시고 또 우리가 죄를 지어도 그것도 용서하시고 또 다른 사람들의 죄를 풀어 주기 위해 자기 목숨을 바치시는 하나님, 우리 하나님은 언제나 우리 주위에 있으시다.

우리는 하나님을 잊지 않게 하려고 성경을 만들어 하나님을 영원 히 기억할 것입니다. 하나님은 우리 주위에 있고 우리에게 마음을 베 풀어 주시는 하나님. 우리의 죄를 풀어주시는 하나님.

전자기기가 우리에게 해로운 점 ✦

전자기기는 우리 사회에 많은 도움을 준다. 하지만 우리가 스마 트폰이나 전자기기를 쓰면 우리 몸이 이상해지거나 병이 들 수 있다. 먼저 스마트폰을 계속보면 시력이 나빠지거나 거북목이 되거나 허리 까지 안 좋아진다.

또 전자파가 나와서 우리 몸에 해롭다. 어떻게 하면 우리 몸을 지킬 수 있을까? 일단 휴대폰의 사용을 자제하고 산책이나 운동을 하러 간다. 그리고 거북목을 예방하기 위해 스트레칭을 한다. 시력을 높이려면 바깥을 자주 보고 눈이 좋아지는 음식을 섭취해야 한다. 이런 방법으로 하면 내 몸이 건강해질 수 있다. 그런데 전자기기는 왜 우리 몸을 아프게 하는 것일까?

* 상현이는 사형제 중 맏형으로서 참 든든합니다. 남자답고 씩씩하면서 생각도 올곧습니다. 동생들을 잘 돌봐주고 보호해주는 멋진 형입니다. 하나님을 사랑하는 마음이 진실하며 신앙에 대해서도 진지합니다. 상현이는 인성이 좋고 힘도 강해서 이순신 장군과 같은 훌륭한 인물이 될 것 같습니다. 상현이는 질문을 잘합니다. 좋은 질문을 잘 한다는 건 그만큼 생각이 깊다는 것입니다.

홍준영

팔공초등학교 6학년 2반

5학년 이예음

저는 친구와 함께 노는 것을 정말 좋아해요.

게임을 좋아하고, 책도 좀 좋아해요.

옛날에 시를 쓸 때 시인들의 마음이 공감되기도 했어요.

시를 쓰면 어디서든 무섭지가 않고 용기가 생겨요.

제일 좋아하는 시인은 윤동주예요.

평화 ✦

누군가가 말했다. 평화로 가는 길은 없다고.

하지만 우리는 평화를 볼 수 있다.

장 자크 루소도 말했다. 인내는 쓰고 열매는 달다.

우리도 인내심을 길러서 전쟁을 멈춘다면 달콤한 열매를 먹을 수 있다.

하지만 지금의 우리를 보면 평화를 찾기 힘들다.

전쟁, 지진, 나라 간의 싸움.

이런 것들이 평화를 가로막고 있다.

지금이라도 전쟁과 싸움을 멈춘다면 다시 평화를 찾을 수도 있다.

위에는 안 썼지만 저것보다 심한 차별도 우리를 힘들게 한다.

마틴 루터 킹도 차별을 극복했다.

우리도 이렇게 외치면 다시 평화가 오지 않을까?

"나에게는 꿈이 있습니다."

(I have a dream)

봄 ✦

나를 불러주는 봄 좋아
새싹이 올라오고
자연이 살아나는 봄 좋아

겨울잠을 자고 있던 동물도
깨어나
해처럼 따스한 봄바람을 맞네

나도 잠에서 일어나
달처럼 예쁜 봄을 보네

예수님 ✦

예수님은 어린양을 이끄는 자
앞길이 안 보이는 우리를 이끌어주는 구원자
쉬운 길이 어렵고
어려운 길이 오직 구원의 길

밤 ✦

밤은 고요하구나
달은 해처럼 눈이 부시구나

내 앞에 있는 별은
반짝 반짝 빛나고 있네

이 밤이 나를 비추고 있네

강병구 목사님 ✦

목사님은 저를 보면 책을 보거나 또는 글을 쓰라고 해요.
안경을 썼어요. 마스크는 흰색이에요. 손이 커요.
침착해요. 머리가 조금 꼬불해요.
제가 게임을 하고 있으면 맨날 와서 그만하라고 해요.
그래도 좋은 사람이에요.

* 준영이는 마음이 참 착합니다. 게임도 잘하고 친구 간의 의리도 깊습니다. 준영이는 시를 잘 씁니다. 순수하고 착한 마음을 가졌기에 시를 잘 쓸 수 있다고 생각합니다. 준영이와는 주로 주일 점심시간에 만나 같이 책을 읽고 느낀 점을 나눕니다. 시끄러운 점심시간이지만 책을 집중해서 읽고 느낀점을 정확하게 표현합니다. 준영이의 미래를 책임져주실 하나님을 찬양합니다.

안녕하세요? 저는 신광교회 초등부에서 예배를 드리고 있는 1학년 주안이의 엄마 정현진입니다. 부족하지만 지면으로 올해 1월부터 지금까지 주안이를 글쓰기 교실에 보내면서 느낀 소감을 짧게 나누고자 합니다.

주안이가 초등부 예배를 드리게 되면서 감사한 것 중 하나가 좋은 목사님을 만나 글쓰기 교실에 가게 된 것입니다. 좋은 글이 담긴 책이 많이 나와 있지만 요즘은 아이들이 글보다는 영상을 더 쉽게 접하고 빠른 속도로 넘어가는 화면에 매료되어 글을 멀리 하게 되는 현실이라 글로 자기 생각을 표현한다는 것이 쉬운 일은 아닌 것 같습니다. 그런 가운데 뜻이 있는 목사님께서 자원하여 아이들에게 좋은 글을 제시하고 생각 주머니를 열어서 글로 표현할 수 있도록 지도해 주심이 얼마나 귀하고 감사한 일인지 모릅니다. 그래서 주안이가 시간을 구별하여 열심히 글쓰기 교실에 갈 수 있도록 하였고 즐겁게 가는 모습을 볼 수 있어서 흐뭇했습니다.

　처음에 주안이가 어떤 글을 적었을지 너무 궁금했습니다. 그래서 물어보니 "오늘 제목은 경주야", "오늘은 제주도…"라고 말해주었습니다. 지난 가족 여행이 주안이의 글쓰기로 인해 기록이 되었고 사진과는 또 다른 방법으로 귀한 흔적이 되어서 기뻤습니다. 후에는 목사님께서 밴드에 글을 올려주셔서 볼 수 있게 되었는데, 아이들의 글은 참 예쁘고 맑고 깨끗해서 읽는 내내 저도 모르게 미소가 지어졌습니다. 그리고 아이의 생각 주머니에 잠시 들어가 삶을 간접적으로 엿보는 재미도 느낄 수 있었습니다.

주안이는 글쓰기를 하기 전 2년 정도 주 1회 일기를 적었던 경험이 있습니다. 그래서인지 처음 글쓰기를 접했을 때 크게 어려워하지 않고 사실을 서술하고 자기 감정 표현을 단순하게나마 하였습니다. 자기 생각을 스스로의 힘으로 글로 표현하는 것만으로 대견하게 여겨져 칭찬을 해주었고 긍정적인 피드백을 해주며 재미있게 글쓰기 교실을 경험할 수 있도록 격려하였는데 주안이의 글은 갈수록 다양해졌고 기대감과 자기 안의 질문까지 담겨있음을 보게 되었습니다. 아직 1학년이라 단순하고 짧은 글이었지만 '재미가 더해지고 발전하고 있구나'라고 느껴졌습니다.

글쓰기 교실에서 좋았던 또 다른 한 가지는 목사님께서 준비하셔서 나누어 주시는 글이었습니다. 주안이에게는 다소 어려운 글이었지만 초등학생 전 학년이 함께 하다 보니 수준을 맞추기 곤란한 부분이 있었을 것이고, 계속 접하다 보면 생각이 더 열리고 올바른 가치관 형성에도 도움이 될 거라는 생각이 들었습니다. 푸드 세어링, 노동, 환경, 행복 등 좋은 소재로 이루어진 글을 매주 아이들에게 나누어 주고 읽어가면서 지도해 주시는 시간이 참 유익한 것 같았습니다. 덩달아 저도 주안이가 받아오는 한 편의 좋은 글을 매주 읽을 수 있게 되었고 차곡차곡 소중하게 보관하고 있습니다. 주안이가 좀 더 자라서 또다시 모아둔 글을 읽게 된다면 좀 더 생각이 많아지겠죠?

혼돈한 시대에 자라나고 있는 아이들이 기독교적인 가치관을 바탕으로 한 좋은 교육을 좋은 환경에서 받을 수 있는 것은 하나님의 은혜입니다. 글쓰기 교실로 인해 아이들의 순수하고 예쁜 생각이 담긴 글이 많이 모아져서 하나님 보시기에 좋은 책이 출판되기를 소망합니다. 아름다운 일에 섬기시는 목사님과 초등부 선생님들께 진심으로 깊이 감사를 드립니다.

- 대구신광교회 **정현진** 집사

교사의 글

우리 글쓰기 교실은요

작년 12월쯤 목사님께 글을 써봐 달라는 부탁을 받고 어떤 걸 써야 하나 고민을 했다. 이런 고민이 왜 생기는 걸까? 결국 이 글이 책에 실린다는 부담 때문인 것 같다. 이 글을 읽는 누군가에게 다음 줄이, 다음 문단이 기대되는 글이 되어야 한다는 부. 담. 감.

이 글을 읽는 분들이 가장 궁금해하시는 글쓰기 교실의 일상을 써 보는 게 좋을 거 같다. 그리고 내가 1년 동안 지켜본 아이들의 성장기도 곁들이면 좋겠지?

우선 수업 진행은 이렇다. 목사님의 기도로 시작된 수업은 프린트된 글들을 함께 읽으며 줄도 긋고, 별표도 하고, 가끔가다 좋은 글이 나오면 외워보기도 한다. 작년엔 시를 위주로 배웠는데 좋은 시를 외워보는 시간은 아이들이 즐겁게 참여하는 시간 중 하나였다. 올해는 산문을 배우고 있어서 그런 잔재미(?)는 없는 게 사실이다(목사님! 작년 같은 잔재미 부탁드려요!). 초등학교 1~6학년까지 있다 보니 글의 수

준은 목사님이 그때그때 조절해 주신다. 신기하게도 어려운 글 몇 주, 쉬운 글 몇 주를 지나고 나면 아이들이 자기 학년에 맞게(극히 주관적일 수도 있다) 글에 대해 이해를 한다는 거다. 노파심에 '오늘 글은 좀 어렵군', '1~2학년 아이들이 어려워서 이해를 못하겠는 걸', 반대로 '오늘 글은 동화책 수준이네', '5~6학년 형님들한테는 너무 유치하겠는데…' 하는 나의 걱정들을 말끔히 사라지게 한다.

1학년 피승윤

목사님과 프린트물 공부가 끝나면 아이들이 기다리고 기다리던 휴식시간이다. 카페에서 책을 읽는 아이, 유치부실에서 몸으로 노는 아이, 본 교실에는 주로 나이 지긋한(?) 고학년들이 옹기종기 모여 스마트폰 삼매경에 빠진다.

15분여의 시간이 후딱 지나 휴식시간이 끝나면 그때부터 글과의 싸움이 시작된다. 글 쓰는 아이들을 보면 크게 3부류로 나뉜다. 미리 글감을 생각해 온 아이들은 책상에 코를 박고 열심히 쓰기 시작한다. 옆으로 가 사진을 찍어도 모르는 아이들이 너무 사랑스럽다. '다음은 뭘 써야 하지?' 하고 고민하는 아이들이다. 글감을 찾는데 시간이 걸리기는 하지만 어떻게든 글 한 편을 써내는(그날의 숙제) 노력형 아이들이다. 그리고 마지막은 목사님과 나의 눈치를 살피는 아이들이다. 글쓰기는 너무 어렵고, 자꾸 머리는 아픈 것 같고, 갑자기 책도 좀 읽고 싶고, 휴식시간에는 안 가고 싶던 화장실도 급하단다. 주로 이런 아이들은 애교가 많다. 그래서 인상을 쓰며 빨리 글을 쓰라고도 못 한다. 그러다 보니 자기의 글을 쓰는 게 아닌 프린트물을 보고 따라 쓴다. (글쓰기를 처음 접하는 저학년들은 아직 자기 글을 쓰기에 어려움이 있어 목사님이 얼마간은 프린트물을 보고 따라쓰는 걸 시키신다)

작년 1학년들이 처음에 그랬듯이, 지금은 어엿한 2학년이 되어 자기만의 글을 쓰고 있는 아이들을 보면 교육의 힘이 대단하다는 걸 느끼며, 지금의 1학년들이 써 내려갈 글들이 기대된다. 글쓰기를 마치면 목사님께 검사를 받는다. 잘 쓴 글은 동그라미를 받고 책에 들어가는 글이 된다. 검사를 받은 아이들은 내게 와서 보고를 한다. 보고하라고 시킨 적은 없다. 다만 공책과 연필, 지우개를 당당히 내 책상에 올려놓는다. 뭘 썼나 궁금해서 "읽어봐도 돼?" 하고 물어보면 아이의 반응을 보고 그날 글의 완성도를 알 수 있다. 자기가 생각해도 완성도가 떨어지면 보면 절대 안 된다고 하고, 어느 정도 자기 맘에 든 글이 나왔으면 슬쩍 공책을 내민다. 아직 글을 완성하지 못한 친구들이 있으면 떠들지 않고 장난치지 않는 게 국룰이다. 그래도 글쓰는 스트레스에서 해방된 기분은 주체가 안 되나 보다. 나의 레이저 눈빛을 맞고선 진정되나 싶다가 또 그때뿐이다. 그런 아이들이 사랑스럽다.

모든 아이들이 글쓰기를 마치면 그때부터 누구나 할 것 없이 사용한 공책, 연필, 지우개를 정리하고 책상도 접어 옮기고, 고뇌한 흔적들(지우개 똥)을 치운다. 마지막으로 함께 모여 기도로 수업을 마친다. 초등부 교사를 하고 있기에 내 손을 거쳐 간 아이들과는 친하지만 얼굴만 알고 있던 아이도 있어서 글쓰기 교실은 아이들 얼굴을 익히고 친해지기에 아주 좋은 시간이다. 특히 지금은 소년부가 된 아이들은 얼굴 볼 기회도, 말을 걸어 볼 시간도 잘 없는데, 잘 성장하고 있는 모습을 볼 수 있어서 감사하게 생각한다.

아이들의 글은 시간이 지날수록 사용하는 어휘가 늘고, 문장도 길어지고, 맞춤법도 정확해진다. '얘한테 이런 면이 있었나?' 싶은 글도 심심찮게 나온다. 모두가 1년 동안 들썩이는 엉덩이 눌러가며, 졸

린 눈 비벼가며, 익히고 다져온 아이들의 흔적이다. 그 흔적들이 하나님께 영광을 돌리고 읽는 사람들에게 감동을 주며 본인들이 자라 어른이 됐을 때 2022~2023년 그때를 기억할 수 있는 글들이 될 것임을 확신한다.

- 글쓰기 교실 교사 **우경희** 집사

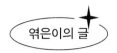

엮은이의 글

아이들과 함께 공부를 하면서

글쓰기 교실 기획

　대구신광교회 초등부를 오랫동안 사역하면서 아이들과 함께 예배 드리고 어울리는 시간들이 참 행복했습니다. 하지만 일주일에 한 번 아이들을 만나는 것으로는 뭔가 아쉬운 생각이 들었습니다. 아이들과 더 친해지고 싶고 더욱 활기찬 초등부를 만들고 싶었습니다. 그래서 토요일에 아이들을 만나 무엇을 할 것인지에 대해 고민하고 기도했습니다. 농구나 축구 같은 운동을 하면 좋은데 여자아이들의 참석이 저조할 것 같았습니다. 성경 공부만 하기에는 아이들이 지루해할지도 모른다는 생각이 들었습니다. 그러던 어느 날, 제가 가장 관심 있고 아이들에게도 도움을 줄 수 있는 '글쓰기 공부'를 함께 해보면 좋겠다는 생각이 들었습니다. 그 생각을 마음에 품으니 가슴이 두근거리고 잠을 못 이룰 정도로 설렘이 가득했습니다.

1학년 양하린

　저는 초등학생 1학년에서 3학년까지를 담당하고 있지만, 초등학생 전체가 공부하면 좋겠다는 생각에 소년부(4~6학년) 아이들도 글쓰기 교실에 포함시켰습니다. 그리고 '어떻게 하면 아이들을 글쓰기 교실에 적극적으로 참여시킬 수 있을까?'라고 생각하다가 아이들의 작품을 책으로 출판해야겠다고 마음먹었습니다. 초등학생 때 작가로서 책을 출판한다면 자존감이 높아지고, 분명 좋은 추억도 될 수 있을 거란 생각이 들었습니다. 초등학생 학부모님 한분 한분을 만나거나 연락을 해서 글쓰기 공부의 필요성을 적극적으로 설명 드렸더니 많은 아이들이 참여하게 되었습니다.

초등학생이라는 특성상 학부모님과도 깊은 신뢰 관계를 맺어야 하기에, 밴드를 만들어 글쓰기 교실에 참여하는 학부모님들은 모두 밴드에 가입하시도록 하였습니다. 그리하여 교역자와 아이들이 글쓰기 교실을 통해 토요일에도 만날 수 있게 되었습니다. 자녀의 교육 상황을 볼 수 있도록 수업 사진과 아이들의 작품을 매주 밴드에 게시하여 학부모님들이 수업 진행 내용을 알 수 있도록 하였습니다. 학부모님들께서는 자녀의 글 쓰는 실력이 향상되는 것을 보면서 좋아하셨습니다. 그리고 '이런 생각을 내 아이가 가지고 있었구나'라며 아이에 대해 이해하는 시간이 되었습니다.

작년엔 1년 동안 시에 대해 공부했습니다. 시를 읽고 쓰고 외우며, 모든 생명을 소중히 여기는 시인의 따뜻한 마음을 배워나갔습니다. 그리고 작품들을 모아 『시와 만난 우리』라는 책을 출판하였습니다. 출판을 하고 난 뒤 여러 좋은 소식들을 들었습니다. 글쓰기 교실의 한 아이가 서울의 교보문고에 갔다가 자신이 쓴 책을 발견하고 놀랍고 신기해했다는 얘기, 대구의 한 도서관에서는 대구 지역의 작가들을 소개하는데 거기에 『시와 만난 우리』가 전시되어 있었던 일, 청주의 한 성도님은 『시와 만난 우리』를 읽으시고 좋으셨다며 교회에 감사의 편지를 쓰고 싶어하셨다는 말씀, 국립중앙도서관에 우리 아이들이 저자로 등록된 일, 책의 판매 수익금이 베트남 현지교회의 가난한 어린이들의 학용품 구입비로 잘 사용되었다는 선교사님의 편지 등을 받으며, 이 책을 복음의 도구로 써주신 하나님의 은혜에 감사드렸습니다.

공부내용 및 방법

　1년 동안 여러 가지 시행착오를 겪은 것을 경험 삼아, 올해는 더욱 체계적으로 준비하고 공부하였습니다. 글쓰기 교실은 초등학생을 대상으로 매주 토요일 1시간 30분 동안 진행됩니다. 1시간은 논술 강의를 하고 30분은 글 쓰는 시간을 가집니다. 다양한 주제로 공부를 하기 위해 특정 교재를 사용하지 않았습니다. 글쓰기를 가르칠 때 참고한 책들은 주로『이오덕의 글쓰기』시리즈입니다. 많은 지식인들이 이오덕 선생님에게 글쓰기 영향을 받았습니다. 글쓰기의 방법론적인 내용과 더불어 인간으로서 배워야 할 훌륭한 생각들이 담겨 있는 책입니다. 또 한 권은 어린이 교양지『고래가 그랬어』입니다. 아이들에게 시대적 상황과 대안을 알기 쉽게 설명해주는 책입니다. 마지막으로는 초등학교 교과서입니다. 교과서는 훌륭한 논술 교재입니다. 또한 간절한 글, 감동적인 글, 솔직한 글, 개성 있는 글 모두 글쓰기 교실의 교재입니다.

　제가 먼저 책을 읽고 마음에 와닿는 부분을 발췌하여 A4용지 2장 정도의 분량을 만듭니다. 그리고 아이들에게 한 문장씩 읽고 뜻을 해석해 줍니다. 강독형식입니다. 예를 들어 '커피 농장에서 우는 아이들'이라는 문장이 있습니다. 이 문장을 읽고 아이들에게 설명해 줍니다.

　"왜 아이들이 커피농장에서 눈물을 흘릴까요? 예멘 북부의 시골

마을에 한 소녀가 살고 있었어요. 소녀는 새벽 5시만 되면 커피밭으로 가기 위해 집을 나서요. 그 나라는 같은 민족끼리 전쟁을 하면서 수많은 사람이 죽고 생활은 더 가난해졌어요. 그래서 학교도 못 가고 어린이들도 일을 해야 했어요. 커피밭은 아주 높은 산에 있어요. 힘들게 도착하자마자 바구니를 어깨에 메고 일을 시작해요. 새벽 5시부터 시작해서 해가 저물 때까지 쉬지도 못하고 일하지요. 하루 품삯은 2달러에요. 커피 한잔도 마실 수 없는 돈이에요. 우리는 지구촌에 이렇게 힘들게 살아가는 친구들이 많다는 걸 알고 있어야 해요. 우리는 남이 아니라 예수님 안에서 한 가족이에요. 가난한 사람들과 전쟁 난민들, 억압받는 사람들과 억울하게 고통받는 사람들, 부모가 없거나 홀 부모 밑에 사는 어린이들을 기억하며 매일 기도해주어야 해요."

이런 식으로 해석해 줍니다.

마틴 부버(M. Buber)는 『나와 너』라는 책에서 '나와 그것'의 관계로부터 '나와 너'의 관계로 방향 전환해야 한다고 말했습니다. '나와 그것'의 관계는 상대를 자기와 분리한 상태입니다. 타인을 전혀 공감하지 않고 대화가 단절되었으며 상대를 그저 사무적으로 대하는 것을 말합니다. 반면 '나와 너'의 관계는 대화가 통하고 서로 공감하며 상대의 아픔을 나의 아픔으로 여기며 서로 하나가 되는 것입니다.

제가 초·중학교 때 선생님께서 '야', '47번', '맨 뒤에' 등으로 저를 부르셨습니다. 그러다 중학교 3학년 때 교회를 처음 갔습니다. 중등부 예배를 마치고 반별 모임 시간에 교회 선생님께서 저를 '병구야'라고 불러주셨습니다. 저의 이름을 불러주시고 인격적으로 저를 대해 주시니 거기에 제 마음이 열렸던 것 같습니다. 예수님께서 우리의 발을 씻겨주시며 '나와 너'의 관계를 맺어 주셨듯이, 우리도 이웃들의 발을 씻겨주는 관계를 맺으며 살아야 합니다. 이런 섬김의 정신은 아이들의 삶을 건강하고 풍요롭게 만들어줍니다.

논술 강의가 끝나면 15분 정도의 쉬는 시간을 가지고 다시 모여 공부한 내용을 주제로 글을 쓰게 합니다. 공부한 내용을 쓰기 힘들어하는 친구들에게는 자유 주제를 줍니다. 글을 쓸 때 중요한 것은 옆 친구에게 방해되지 않게 글을 쓸 수 있는 조용한 분위기를 만들어 주는 것입니다. 글쓰기 교실은 해마다 열리며 1년에 한 권씩 책을 출간합니다. 수업 기간은 여름방학 두 달, 겨울방학 한 달을 빼고 총 39주간 공부를 합니다. 2023년 현재까지 공부한 주제를 말씀드리겠습니다.

구분	강의 주제
1주	솔직한 글쓰기
2주	왜 우리는 친구일까?
3주	미움 받아도 괜찮아
4주	내가 가장 행복할 때
5주	어떤 어른이 되고 싶나요?
6주	스마트폰 없인 못 살아!
7주	푸드 셰어링
8주	논술이란 무엇일까요?
9주	「벌거벗은 임금님」
10주	「아낌없이 주는 나무」
11주	엄마들의 일
12주	전쟁보다 기후 위기 대응을
13주	투자의 참뜻
14주	결과보다 과정이 중요한 법
15주	아는 것을 실천한 사람들

16주	나의 장점 10가지를 말해요
17주	부끄러운 기억도 글로 쓰기
18주	컴퓨터 천재들은 왜 책을 읽으라고 할까?
19주	표현이란 무엇일까요?
20주	삶이 있는 글쓰기
21주	억지로 쓰는 글, 쓰고 싶어서 쓰는 글
22주	자연과 어울려 사는 법
23주	인공지능 뒤에 사람들이 있어요
24주	비닐하우스는 집이 아니다
25주	인터넷이 있는데, 왜 외워야 할까?

교회 교육의 핵심

여기서 중요한 것은 기독교 교육은 교양의 차원이 아니라는 점입니다. 교회에서 글쓰기 공부와 인문학 공부를 하는 것은, 결국 성경을 더 깊이 있게 이해하고 하나님께 더 가까이 가기 위함입니다. 예수 그리스도를 만나는 목표를 붙들지 않는다면, 글쓰기 교실은 세상의 교육 프로그램들과 다를 바가 없습니다. 단순한 교훈이나 교양 차원에 머무른다면 그것은 기독교 신앙이라고 할 수 없습니다. 그렇기에 글쓰기 교실에서 공부하는 모든 텍스트는 예수 그리스도와 연결되어 집니다. 제가 어떠한 방향성을 가지고 아이들과 공부하는지 간략하게 말씀드리겠습니다.

기후 위기에 대한 글이 나오면 하나님의 창조를 중심으로 해석해 주었습니다. 우리는 자연을 단순히 이용할 대상으로만 여기고 있지, 지구의 생태계가 어떻게 파괴되고 훼손되는지에 대해서는 진지하게 성찰하지 않습니다. 모든 생물을 다스리라는 하나님의 말씀은 지배하라는 것이 아니라 섬기라는 뜻입니다. 하나님께서 만드신 모든 생명체들이 각자의 자리에서 잘 살 수 있도록 도와야 합니다. 거기에 인간의 역할은 크게 없습니다. 꿀벌을 잘 날게 하고, 참새끼리 잘 어울릴 수 있도록 인간이 무엇을 해줄 수 있겠습니까. 하나님은 창조를 하시면서 각자가 잘 살아갈 수 있는 능력을 이미 주셨습니다. 우리는 그런 생명체들과 자연이 다치거나 훼손되지 않도록 돕는 역할을 할 수 있을 뿐입니다. 우리는 이 세상이 하나님에 의해 창조되었음을 믿기에 자연을 소중히 여기고 지켜나가야 합니다.

「아낌없이 주는 나무」라는 동화책을 읽는다면 우리를 위해 십자가에서 피 한 방울까지 다 쏟아내신 예수님의 사랑을 말해주어야 합니다. 예수님께서 십자가 달리셨다는 것은 인간이 겪는 모든 고통의 자리에 우리 주님이 함께 하신다는 뜻입니다. 우리가 어떠한 고통과 억울한 일을 겪는다고 할지라도 십자가에 달리신 예수님이 우리와 함께 하신다는 사실을 안다면, 우리는 그 고난의 시간을 버텨낼 수 있습니다. 어려움 앞에 잠깐 흔들릴 수는 있지만, 예수님이 함께 하시기에 우리는 계속해서 절망하지 않습니다. 믿음의 눈으로 일어날 수 있습니다. 이것이 바로 십자가의 능력입니다. 바울의 고백처럼 예수님의 십자가는 유대인에게는 거리끼는 것이고 이방인에게는 미련한 것

입니다. 그러나 하나님의 부르심을 받은 사람들에게는 하나님의 능력
이요, 하나님의 지혜입니다.

십자가에 달리신 예수님을 믿는다는 것은 나도 십자가를 진다는
뜻이기도 합니다. 예수님을 통해 복 받아 잘 먹고 잘사는 것에 머무는
것이 아니라, 자기도 십자가를 지고 예수님을 따르는 아이로 교육시켜
야 합니다. 그래야 아픔과 시련이 와도 교회를 떠나지 않습니다. 왜냐
하면 고난은 예수님을 따르는 길에 당연히 겪게 되는 일이기 때문입니
다. 예수님은 십자가의 고난 앞에서 오직 하나님의 뜻에 순종하셨습
니다. 우리 어린이들도 고난 앞에 원망하거나 불평하지 않고, 오직 하
나님의 뜻에 순종하는 신앙을 어릴 때부터 심어주어야 합니다.

2학년 김준희

컴퓨터 게임 속 전쟁과 살인의 스토리가 나온다면 하나님의 평화를 설명해 줍니다. 사자나 호랑이는 배가 고플 때만 사냥을 합니다. 배가 부르면 평화롭게 누워있습니다. 그런데 인간은 배가 불러도 싸움과 전쟁을 벌입니다. 배가 불러도 싸우는 이유는 바로 인간이 '죄인'이기 때문입니다. 쉽게 말해서 인간만이 자기를 중심으로 세상을 생각하고 상대에게 그것을 강요합니다. 그렇지 않은 세련된 사람이라도 속으론 교만합니다. 이것은 우리가 죄인인 증거입니다. 상대가 자신의 강요에 굴복하지 않으면 심리적 또는 육체적 폭력을 가합니다. 이것의 확대가 바로 전쟁입니다. 인류사에 전쟁이 없던 시기는 거의 없습니다. 하지만 하나님의 평화는 전쟁을 잠시 멈추게 하는 차원이 아니라, 전쟁의 근원을 아예 없애십니다.

우리가 예수님을 평화의 왕이라고 믿는 이유는 주님을 통해서 우리와 하나님 사이에 막혔던 담이 무너졌기 때문입니다. 하나님과의 불화가 사라지고, 예수님을 통해 하나님과의 평화가 만들어졌습니다. 하나님의 평화 앞에 가난한 집이나 부잣집은 아무런 차이가 없습니다. 하나님의 평화는 민족의 차이와 정치적 차이를 뛰어넘으십니다. 그리고 마태복음의 말씀처럼 그리스도인은 평화를 만들어가는 일에 기도하며 힘을 쏟아야 합니다.

'화평하게 하는 자는 복이 있나니 그들이 하나님의 아들이라 일컬음을 받을 것임이요'

마태복음 5장 9절

모범생을 만들고 국어와 논술 실력을 올리는 것도 중요하지만, 글쓰기 교실의 핵심은 역사적으로 실존하셨고 지금도 살아 역사하시는 예수님을 구체적으로 따르는 것입니다. 예수님의 사랑의 빛에 우리 아이들이 휩싸이도록 기도해주는 교육이 되어야 합니다. 교회에서 하는 모든 교육 프로그램들은 그 수업 안에 기독교 사상이 반드시 담겨있어야 합니다. 그래야 교회의 정체성을 지켜갈 수 있습니다.

글쓰기 교실의 두 번째 책을 내면서 아이들에게 책 제목을 공모했습니다. 한 명씩 제목을 써서 투표를 했는데 최다득표로 '하나님께 사랑받는 글'이 뽑혔습니다. 이 제목을 써낸 아이는 1학년 김지유 어린이입니다. 한 가지 놀라운 사실은 아이들이 '하나님'이라는 단어를 제일 많이 적어냈습니다. 아이들에게 어떻게 적으라고 말하지 않아도 글쓰기 교실의 중심은 '하나님'이라는 사실을 아이들은 알고 있었던 것입니다.

인간의 어떠한 업적과 자랑거리도 예수 그리스도와 연결되지 않는다면 배설물과 같습니다. 큰 나무 밑에는 아무것도 자랄 수 없습니다. 큰 나무의 뿌리가 주변의 모든 영양분을 빨아먹기 때문입니다. 하지만 큰 사람 밑에서는 누구나 자랄 수 있습니다. 훌륭한 사람 곁엔 언제나 큰 스승님이 계셨습니다. 사람의 영향력도 이러한데 예수님과 함께 자란 아이들은 말할 것도 없습니다. 우리 아이들에게 가장 중요한 것은 예수님을 만나고 경험하는 것입니다. 예수님의 사랑 안에서 자란 아이들은 하나님 나라의 참된 일꾼이 될 것입니다.

'예수께서 이르시되 내가 곧 길이요 진리요 생명이니 나로 말미암지
않고는 아버지께로 올 자가 없느니라'

요한복음 14장 6절

챗 GPT

요즘 글쓰기를 하는 사람이라면 '챗 GPT'에 대해 이야기를 안 할
수 없습니다. 챗 GPT는 사람처럼 일상 언어를 이해하고 만들어낼 수
있는 컴퓨터 프로그램입니다. 질문에 답을 하는 정도가 아니라 이야
기를 지어낼 수 있습니다. 챗 GPT와 친구처럼 대화할 수도 있습니다.
챗 GPT의 글짓기는 마치 작가의 글 같습니다. 심지어 유머까지 할 줄
압니다. 그래서 사람들은 챗 GPT를 신세계로 생각합니다. 인간의 머
리는 노화되지만, 인공지능은 지속가능하기에 무한대의 메모리 용량
을 가지고 인간의 생활을 더 편리하게 해줍니다. 인공지능 기술의 발
전은 정말 놀랍습니다. 인공지능 스스로가 성능을 향상시키니 말입
니다. 하지만 인공지능은 인간지능이 아니며 더욱이 하나님의 형상으
로 지음 받은 지능도 아닙니다. 계산기가 인간보다 계산은 잘하지만
수학의 개념을 이해하지는 못하는 것과 같은 이치입니다.

인공지능에게 '예수 그리스도의 십자가'에 대해 글을 써 보라고 가
정하겠습니다. 온갖 자료와 정보를 동원해 멋진 글을 쓸 것입니다.
하지만 예수 그리스도의 십자가를 믿고 경험하고 느낀 사람의 글과

는 비교할 수 없습니다. 글을 잘 쓰고 못쓰고의 문제가 아니라, 어떤 것이 진짜인지 어떤 것이 가짜인지를 생각해 본다면 답은 금방 나옵니다. 챗 GPT가 글은 잘 쓰겠지만, 거기엔 예수님을 향한 진실된 사랑과 경험이 전혀 없습니다. 저는 앞으로 챗 GPT가 거짓 글을 쓰는 데 이용되지는 않을까 우려스럽습니다. 챗 GPT를 통해 거짓 정보와 가짜 뉴스를 얼마든지 만들어낼 수 있기 때문입니다. 그러기에 글은 나의 삶을 담아 진실되게 써야 합니다. 내 영혼의 고백을 담아 쓰지 않는다면 수백억 개의 데이터를 가지고 글을 생성해내는 챗 GPT를 따라갈 수 없습니다.

4학년 서예린

글쓰기 공부의 필요성

'글짓기'는 처음의 뜻과는 달리 남에게 잘 보이기 위한 글, 꾸며 쓰는 글, 상을 받기 위한 글로 변질되었습니다. 논술 고사도 삶과 사유를 떠나 답을 외워 쓰는 글로 전락해버렸습니다. 하지만 '글쓰기'는 삶이 담기고 영혼이 담겨있는 글입니다. 아이들은 마음속에 있는 감정을 표현하지 못하면 병들어버립니다. 거짓된 표현은 아이들을 이중적인 사람으로 만듭니다. 우울증이나 극단적 선택은 왜곡된 자기표현입니다. 그래서 사람은 누구나 건전하게 자기를 표현하면서 살아야 합니다. 친구를 만나 이야기를 하거나 그림, 춤, 노래 등으로 자신의 마음을 표현합니다. 그중에서 글쓰기는 자신을 가장 잘 표현할수 있는 방법입니다. 글쓰기는 친구가 없어도 악기 연주를 못해도 돈이 없어도 자기를 표현할 수 있습니다. 글로써 자신의 마음을 표현할수 있다면 마음의 병과 극단적 선택은 뚜렷이 줄어들 것입니다. 이처럼 글쓰기는 학교 성적을 위하는 정도가 아니라 사람의 생명을 건강히 유지해 나가는 데 꼭 필요한 삶의 방식입니다.

지적 능력을 판단할 때 예전엔 IQ를 많이 봤습니다. 하지만 IQ만높고 사회성이 떨어지는 사람들이 있어 다음엔 EQ도 함께 보았습니다. 이처럼 지적 능력은 한쪽으로만 치우쳐서는 안 되며 골고루 발달되어야 합니다. 아이비리그 대학의 한국 유학생들은 단답형 문제를 푸는 데 1등이라고 합니다. 하지만 자기의 생각을 글로 적으라고 하면 전전긍긍합니다. 그래서 한국의 뛰어난 학생들이 아이비리그 대학에선 낮게 평가되고 있습니다. 한 사람의 지적 능력을 판단하는 중요한 기준은 '언어의 수'라고 생각합니다. 단순한 어휘력을 말하는 것이 아니라, 언어의 깊이로 들어가야 한다는 것입니다. 예를 들어 '하나님 나라'라는 주제를 가지고 A4용지로 10장은 글로 쓸 수 있어야 합니다. 구원, 정의, 물질만능주의, 기후 위기, 식량 위기, 물 부족 등 중요한 주제들에 대해서 서술할 수 있는 능력을 길러야 합니다. 현대 사회에서 자신의 생각을 글로 쓸 수 없다면 인재가 되기 어렵습니다.

말하듯이 글쓰기

문제는 글쓰기를 모두 어려워한다는 것입니다. 무엇을 어떻게 쓸지 막막해합니다. 어린이들도 어른처럼 남에게 잘 보이려고 꾸며 쓰는 것만 따라하고 있습니다. 그래서 저는 아이들에게 친한 친구에게 말하듯이 글을 쓰라고 합니다. 하고 싶은 말을 글로 적으라고 말이죠. 말하듯이 글을 쓰면 글쓰기에 대한 부담이 크게 줄어듭니다. 문법을 배워서 문법대로 글을 쓰는 것이 아니라, 자신이 일상에서 쓰는 말을 그대로 글로 적는 것입니다. 그런데 세상엔 말이 안 되는 글들이 많습니다. 논문에도 이상한 글들이 많지만, 특히 판사들의 판결문이나 법원의 소장, 변호사들의 답변서를 읽어보면 그야말로 최악의 엉터리 글입니다. 법률적 특성을 띤 글이란 걸 감안하더라도 문장 자체가 성립이 안 되는 경우가 허다합니다.

글은 일부러 어렵게 쓸 필요가 없습니다. 누구라도 이해할 수 있게 쉽고 분명하게 쓰는 훈련을 해야 합니다. 그런 가르침을 주기 위해선 자신이 먼저 글을 써봐야 합니다. 자신은 글을 안 쓰면서 아이들에게만 글을 쓰라고 하면 교육이 되지 않습니다. 교육은 말이 아니라 행동입니다. 지도자가 먼저 책을 읽고 글을 쓰는 모습을 보여주어야 아이들도 따라합니다. 저도 주일 점심시간에 교회 도서관에서 되도록 책을 읽습니다. 식곤증이 오기도 하고 할 일도 있지만 제가 책을 읽지 않으면서 아이들에게 책을 읽으라고 말할 수 없기 때문입니다. 안 보는 것 같아도 아이들은 어른들의 행동을 보고 그대로 따라합니다.

글감 찾기

저는 아이들에게 '내가 겪은 일'을 쓰라고 합니다. 요즘 사회적으로 문제가 많이 되는 것이 표절입니다. 그대로 베끼지 않았다 하더라도 여전히 '짜깁기' 수준의 글들이 많습니다. 하지만 내가 겪은 일을 쓰면 남의 글은 볼 필요가 없습니다. 글쓰기란 나의 삶을 쓰는 것이기에, 남의 글은 방해만 될 뿐입니다. 살아있고 재미있는 글을 쓰기 위해선 무엇보다 나의 삶이 담긴 글을 써야 합니다. 아이들에게 '6·25 전쟁'에 대해 쓰라고 하면 다른 사람들이 쓴 글을 보며 적을 수밖에 없습니다. 그래서 내가 한 일, 친구들과 놀았던 일, 내가 보고 듣고 생각한 일 등을 적는 것이 중요합니다. 삶이 담긴 글이 어떤 것인지 시를 한 편 보겠습니다.

엄마의 런닝구

배한권

1987년 경산부림초등학교 6학년

작은 누나가 엄마보고
엄마 런닝구 다 떨어졌다
한 개 사라 한다
엄마는 옷 입으마 안 보인다고
떨어졌는 걸 그대로 입는다

런닝구 구멍이 콩만 하게
뚫어져 있는 줄 알았는데
대지비만하게 뚫어져 있다
아버지는 그걸 보고
런닝구를 쭉쭉 쨌다

엄마는 와 이카노
너무 째마 걸레도 못 한다 한다
엄마는 새 걸로 갈아입고
째진 런닝구를 보시더니
두 번 더 입을 수 있을 낀데 한다

아이가 직접 보고 들은 이야기를 그대로 적었을 뿐인데도 감동적인 글이 되었습니다. 엄마의 근검절약하는 마음, 엄마에게 좋은 걸 해주고 싶은 아빠의 경상도식 사랑, 엄마를 생각하는 작은 누나, 가족의 마음을 본 동생의 마음이 글 속에 그대로 담겨 있어 우리들의 가슴에 큰 울림을 줍니다. 글은 이렇게 진실하게 자기의 말로 써야 합니다. 자신의 삶에서 우러나온 글은 모두의 마음을 따뜻하게 해줍니다.

아는 만큼 보인다

저는 클래식에 대해 아는 게 없습니다. 부끄럽지만 클래식을 들으면 지루하기도 하고 잠이 옵니다. 하지만 클래식을 알고 공부한 사람은 클래식을 들으며 많은 감동을 받을 것입니다. 피아노 연주를 들으며 눈물을 흘리는 분도 보았습니다. 경주에 있는 '첨성대'를 봤다고 가정해보겠습니다. 첨성대에 대해 공부를 하지 않은 사람은 '저게 뭐야? 별거 없네'라며 그냥 지나치겠지만, 첨성대와 그 역사에 대해 공부를 한 사람은 돌 모양 하나하나 유심하게 살피며 관심있게 볼 것입니다. 그림도 마찬가지입니다. 빈센트 반 고흐의 사상과 삶을 공부한 사람은 그의 그림을 보며 고흐가 고민하고 꿈꾸던 세상을 보겠지만, 그에 대해 전혀 공부하지 않은 사람은 '저게 그렇게 비싼 그림이란 말이지?'라는 생각만 할 것입니다.

모든 것은 아는 만큼 보입니다. 초등학교 때는 세상의 모든 것을 알아야 할 시기입니다. 초등학교 책에는 사람이 알아야 하고 배워야 할 핵심 내용들이 담겨 있습니다. 초등학교 교과서만 잘 읽어도 훌륭하고 모범적인 인간이 될 수 있습니다. 이 시기에 책을 읽고 글 쓰는 것을 게을리하면 인간으로서 갖춰야 할 기본적인 덕목들을 놓치게됩니다. 남을 섬기고 배려하는 마음, 겸손하고 성실한 마음, 자기표현을 잘하는 용기있고 지혜로운 마음 등을 책을 통해 배워나가야 합니다. 이 시기에 책을 많이 읽고 자기의 생각을 글로 쓰는 훈련을 꾸준히 하면, 그 아이는 자라서 분명 본질을 꿰뚫어 보는 눈을 가지고 세상을 이끄는 훌륭한 사람으로 살게 될 것입니다.

어른들의 글쓰기

글쓰기는 어린이에게만 해당되는 것이 아니라고 생각합니다. 어른들에게도 글쓰기는 참으로 뜻있는 일입니다. 특히 하나님 나라를 가기 전 '자서전'을 쓰시는 것을 권해드립니다. 그동안 힘들게 살아왔던 자신의 삶을 도와주시고 인도해주신 하나님에 대한 감사의 고백을 글로 남기는 것입니다. 우리의 인생은 꿈과 같습니다. 꿈에서 깰 때 꿈속에서 누렸던 그 어떤 것도 손에 쥘 수 없습니다. 한바탕 꿈처럼 우리도 이 세상을 떠날 때 아무것도 가져갈 수 없습니다. 하지만 한가지는 남겨놓을 수 있습니다. 바로 하나님을 향한 믿음의 고백이 담긴 자서전입니다.

우리는 길어야 백 년을 살지만 글은 천 년을 갑니다. 사도바울이 쓴 믿음의 편지들은 2천 년이 지나도 읽는 우리들의 가슴을 여전히 뜨겁게 만듭니다. 우리는 자녀에게 돈을 물려줄 것이 아니라, 하나님을 향한 신앙의 고백이 담긴 자서전을 물려 주어야 합니다. 돈은 형제 간의 싸움을 일으키고 인간을 더 나태하게 만드는 경우가 많지만, 하나님을 향한 믿음의 고백은 자식을 일으켜 세웁니다.

우리나라의 교육은 백 년을 내다보고, 인디언들은 천년 앞을 내다보며 교육을 시킵니다. 하지만 우리 믿는 사람들은 영원을 바라보며 살아가는 사람입니다. 지금 내 눈앞에 반짝이는 프로그램들의 효과에 머무르지 않으려면, 영원히 변함없으신 예수 그리스도께 집중하는 자녀교육을 해야 합니다. 그중의 하나가 바로 '자서전'입니다. 남 모르게 고생한 이야기들, 어렵게 자식들을 키운 이야기들, 아프고 기뻤던 일들, 자신의 인생을 붙들어주신 하나님의 도우신 손길들을 기록해 놓는다면, 자녀는 그 자서전을 볼 때마다 눈물을 흘리며 기도할 것입니다. 그리고 자신이 처한 삶의 조건들을 보지 않고, 부모가 그러했듯 예수 그리스도를 통해서 약속된 미래를 바라보게 될 것입니다. 이러한 일들을 기대하며 저는 한국교회마다 '자서전 쓰기 교실'이 있으면 좋겠다는 생각을 품게 됩니다.

글을 맺으며

저는 글쓰기 교실을 하면서 부모님도 모르는 아이의 생각, 고민, 비전까지도 알게 되었습니다. 아이들이 저를 보면 두 팔 벌려 뛰어와 안깁니다. 아이들과 글을 통해 삶을 나누었기 때문입니다. 교회학교를 위한 여러 가지 프로그램이 많겠지만, 저는 자신있게 글쓰기 교실을 추천합니다. 어렵게 생각할 필요가 없습니다. 목사가 감동적으로 읽은 글을 아이들이 이해하기 쉽게 풀이해주면 됩니다. 토요일에 나오지 못하는 아이들과는 주일 점심시간에 만나 같이 책을 읽고 느낀 점을 나눕니다. 그리고 아이들을 위해 기도해주고 마칩니다.

그렇게만 해도 아이들은 성장하고 자기의 생각을 정확하게 표현할 줄 아는 사람으로 자라게 됩니다. 부디 한국교회에 글쓰기 교실이 많아졌으면 좋겠습니다. 아이들이 글쓰기 교실에서 책을 읽고 글을 쓰면서 하나님과 인간에 대한 이해가 깊어지고, 우리의 삶과 공동체가 하나님 보시기에 아름다워지길 희망합니다.

- 글쓰기 교실 지도 **강병구** 목사